CW01636451

Chiara Maci

QUELLE DUE

MONDADORI

Per le citazioni:

Grazie Roma, Parole e Musica di A. Venditti, © Copyright 1983 by Stukas Edizioni Musicali S.r.l. – Milano

Insieme a te non ci sto più, Testo di Vito Pallavicini, Musica di Paolo Conte, © 1968 Sugarmusic SpA – Tutti i diritti riservati per tutti i Paesi. Riprodotto su autorizzazione di Hal Leonard Europe BV.

Take Me Home, Country Roads, written by John Denver, Taffy Nivert Danoff & William Danoff, © 1971 Reservoir Media Music (ASCAP). All rights administered worldwide by Reservoir Media Management, Inc. Sub Editore per l'Italia: Café Concerto International srl – Via G. Revere 9 – 20123 Milano, Italy. All rights reserved. Used by permission.

Take Me Home, Country Roads, Words and Music by John Denver, Bill Danoff and Taffy Nivert, Copyright © 1971 BMG Ruby Songs, My Pop's Songs, Dino Park Publishing, JD Legacy Publishing and Reservoir Media Music. Copyright Renewed. All Rights for BMG Ruby Songs Administered by BMG Rights Management (US) LLC. All Rights for My Pop's Songs, Dino Park Publishing and JD Legacy Publishing in the U.S. Administered by Kobalt Songs Music Publishing. All Rights for Reservoir Media Music Administered in the U.S. by Reservoir Media Management, Inc. All Rights Reserved. Used by Permission. Riprodotto su autorizzazione di Hal Leonard Europe BV (per la sua quota).

mondadori.it

Quelle due
di Chiara Maci
Collezione Novel

ISBN 978-88-04-79916-0

© 2025 Mondadori Libri S.p.A., Milano
I edizione maggio 2025

Quelle due

A chi sa riconoscere la propria storia.
E la ringrazia.

Era un venerdì di inizio giugno e si respirava aria estiva, in anticipo di qualche giorno.

Nel fine settimana la città si sarebbe svuotata, ma già quella sera iniziavano a liberarsi i parcheggi delle vie residenziali del centro.

Quei momenti, in cui tutti partivano e io restavo, erano da sempre i miei preferiti.

La città, come ovattata in quell'assenza di rumore, diventava un posto qualunque, perdeva l'etichetta del grande capoluogo iperattivo e diventava più simile a me.

Silenziosa, lenta, ferma.

Spesso immobile.

Eppure, era proprio in quei momenti che riconoscevo il mio animo libero, rinchiuso in un corpo da sempre piegato alla volontà degli altri.

Amavo andare controcorrente, a volte.

Mi bastava avere noi, la nostra vita, e il nostro Ugo, quella minuscola trattoria che manteneva lo stesso menu probabilmente dall'anno di apertura, il 1956, incurante delle mode e delle scelte culinarie degli ultimi cinquant'anni.

Mi sentivo al sicuro, lì dentro, come se fosse casa.

E difficilmente ci portavo qualcuno a mangiare, perché temevo che potesse tornare lì senza di me.

Ne ero gelosa, come lo ero delle cose a cui tenevo.

Mia figlia Mia, la nonna Ada e la casa di campagna.

ri porta che organizzava da quando era rimasta vedova del nonno, e allora mi guardai attorno, in quella chiesa che frequentavo fin da bambina, e me la immaginai ridere al tavolo con queste persone che non conoscevo, tra una partita a carte e un bicchierino di liquore all'anice che tanto amava.

Chiunque fossero, non stava a me giudicare. Era la mia unica nonna, era la madre di mio papà Attilio, e quella era la sua vita.

E poi c'era la nostra, di vita insieme, fatta di riti, telefonate, consigli, segreti.

Cose che nessuno sapeva a parte noi.

Ada e Adele. Il mio nome abbracciava il suo e lo avrebbe fatto per sempre.

Come farò quando andrai via, nonna?

Ci saranno i ricordi, Adele. Quelli nessuno potrà mai portarteli via.

Ricordati di vivere, quando gli altri sceglieranno di non farlo più. Perché è una grande fortuna avere la vita e lo è ancora di più poterla dare a qualcuno. Tu e Mia scriverete un nuovo capitolo di questa strana famiglia, ne sono certa.

Ma mi mancherai molto, nonna.

Certo che ti mancherò, all'inizio. Ma imparerai a trovarmi ovunque, vedrai. Ricordati che il concentrato di pomodoro si usa poco alla volta e si diluisce con un filo di acqua, altrimenti è troppo forte, anche per una come te che ama i sapori decisi.

Nonna, il concentrato di pomodoro?

Sì, Adelina bella. Sorriderai, ogni volta che lo userai, perché ti ricorderà me e tutti i pranzi in campagna, insieme. Quelle tradizioni, tu, non le dimenticare.

La campagna si lascerà andare, senza di te.

E tu tienila stretta.

Te lo prometto, nonna.

Quel concentrato di pomodoro era il frutto di un duro lavoro che ogni anno scandiva i tempi della nostra estate.

Non ho mai capito se la nonna amasse così tanto farlo o se lo avesse reso necessario per tenere unita la famiglia.

La squadra, come diceva lei.

Senza la squadra il concentrato non viene.

Sapevamo tutti che sarebbe *venuto* lo stesso se lo avesse fatto da sola, ma ognuno di noi aveva ormai assunto un ruolo al quale era impossibile sottrarsi.

Non esistevano altri impegni, perché era agosto e l'estate finiva sempre così, sporchi di rosso, stanchi e gratificati, a fine giornata, da un pentolone di pasta di acqua e semola che lei condiva sempre con i pomodori più maturi, il basilico abbondante, l'aglio profumato e la ricotta freschissima.

La raccolta la facevamo tutti insieme, le fasi più delicate come la cottura e la stesa al sole erano delle donne di famiglia più esperte e, quando quella purea profumata e dolce era pronta, si metteva a turno nei vasetti sui quali, fin da ragazza, solo io attaccavo le piccole etichette dal bordino verde con su scritto "estratto".

"Estratto" era il termine gentile per definire quello che

in Sicilia i suoi nonni chiamavano *strattu,* l'oro rosso che grazie al sole diventava l'ingrediente magico indispensabile in cucina.

Erano stati loro ad aver trasmesso alla nonna Ada quell'amore viscerale e profondo per il cibo e per le sue trasformazioni.

Per noi tutti era semplicemente il concentrato di pomodoro, ma i vasetti restavano etichettati con quel nome per una forma di rispetto che nonna Ada aveva ereditato.

E che a noi tramandava.

Nessun ingrediente era solo un ingrediente, così aveva imparato dai suoi nonni. Tutto aveva un significato.

L'estratto eravamo noi.

Andavamo presi a piccole dosi o diluiti, diceva lei.

Le pareti delle case dovrebbero essere colorate.

Sono muri che assorbono emozioni, ascoltano storie, attraversano il tempo.

Dovrebbero restituire colore.

E invece tutto quel bianco.

Ho quarantacinque anni.

Mi chiamo Adele, ho detto addio a mia nonna Ada un venerdì di quattro settimane fa e queste pareti bianche delimitano quello che, oggi, è solo un rettangolo di trentacinque metri quadri che va svuotato degli ultimi diciannove anni di vita.

È una stanza all'interno di uno studio che ho comprato vent'anni fa e che ho diviso così: ottantacinque metri quadri li ho affittati fin da subito a una coppia di architetti per garantirmi una rendita fissa, la stanza di trentacinque metri quadri l'ho tenuta per me e, con il tempo, l'ho usata per accatastarci di tutto.

Documenti, foto, ricordi.

Non ho mai avuto bisogno di venderlo ma, dopo così tanti anni, la verità è che è più loro che mio.

E allora, dopo mesi di proposte, ho accettato.

"Facciamo un preliminare veloce, così non cambio idea" credo di aver detto.

E loro mi hanno assecondato.

Il rogito sarà tra un mese esatto e per quel giorno dovrò cancellare ogni traccia di me.

Come se si potesse.

Mi guardo in giro, non so da dove cominciare. E poi, tutto quel bianco alle pareti, oggi mi disturba come mai ha fatto prima.

"Oggi non è giornata" direbbe mia madre.

Da quando non c'è più la nonna, tutto è diverso. Anche il bianco. Anche questi spazi che non mi appartengono più.

L'unica cosa che mi somiglia, oggi, è quella lampada che non ha mai funzionato.

L'ho pagata una follia a una svendita privata in cui lì per lì ero convinta di aver fatto un superaffare, ma niente, non ha mai funzionato e non ho mai capito il perché.

Non è la lampadina, non è la presa, forse è il trasformatore ma chi può dirlo, ha detto l'elettricista.

E allora è diventata un soprammobile che ho lasciato qui.

Altrimenti tutti mi avrebbero chiesto: "Perché non la accendi?".

"Perché non funziona" avrei risposto io.

E poi, un po' alla volta, nessuno mi avrebbe più chiesto di accenderla.

Ma ogni volta che passo di qua la guardo e, sì, avrebbe dovuto far luce, ma alla fine è bellissima anche così.

Spenta.

Me lo diceva sempre mia madre, che ero disordinata.

Se solo mi vedesse ora.

Le verrebbe in mente quella volta, avevo sedici anni, in cui scoprì che nell'armadio nascondevo vestiti appallottolati insieme a libri e a oggetti che volevo tenere, senza motivo.

Quando aprì l'armadio e vide quel disastro mi urlò che con me non c'era niente da fare, che ogni regola era del tutto inutile perché, tanto, non l'avrei rispettata.

Ma io avevo sedici anni e le regole, come le chiamava lei, non mi interessavano.

Mi piaceva buttare tutto lì dentro, nel mio mondo senza ordine che in quel momento aveva le sembianze di un armadio, perché lì io ritrovavo me stessa, tra un reggiseno nero di pizzo e un vecchio libro già letto.

I traslochi equivalgono a decine di sedute di psicoterapia.

La prima volta fai tutto da solo per risparmiare e perché credi di potercela fare.

Quelle come me credono sempre di potercela fare.

E allora compri gli scatoloni a tre onde perché sono i più resistenti, e imballi i pezzi fragili in mille strati di pluriball affinché non si rompano.

E poi, dopo aver ridotto in frantumi servizi interi, capisci che non era colpa delle scatole e neanche del pluriball, ma di come impacchettavi tutto.

Bastava chiedere una mano. E nulla si sarebbe rotto.

Undici traslochi significa tante cose dimenticate, nelle case, nei magazzini, nelle vite di altri.

Quelle non dimenticate sono qui, in queste mura che fra trenta giorni scriveranno un'altra storia.

Fanno questo, i traslochi.

Lasciano scampoli di vita in ogni casa e tu, forse, devi solo lasciarli andare.

Il cassetto della scrivania di legno grezzo contiene decine, forse centinaia di lettere della banca.

Credo siano estratti conto di quando ancora si usava il cartaceo.

Non ho mai capito se vadano tenuti oppure no, e allora li ho lasciati qui, per anni.

Che poi tenere qualcosa in un posto dimenticato non equivale a buttarlo?

Io, le cose importanti, so bene dove sono, anche se non le uso.

La nonna, le sue, le custodiva tutte in una grande madia di legno grezzo con ante di vetro sottile che certo non suggerivano l'idea della sicurezza, ma tanto si teneva chiusa e si ammirava, come si fa con i servizi di piatti di valore.

Non si usano, si mostrano.

Richiudo il cassetto della scrivania. Accanto c'è di tutto, ci sono anche delle scatole di latta argentate. Si sono sbeccate su alcuni lati, arrugginite in altri e hanno perso il colore. Si fa fatica anche ad aprirle, la latta si deforma facilmente.

Buffo perché, a vederla, penseresti a un materiale resistente e invece è fragile quanto il vetro.

Succede spesso che si confonda la resistenza dei materiali.

Succede anche con le persone, a volte.

La prima scatola ha una grande etichetta bianca con scritto "Anni '90".

I mondiali con Fabio, sì, il figlio della signora del piano di sopra che aveva un anno in più di me e frequentava la mia stessa scuola, ma anche il liceo Fermi, l'anno in cui mi rimandarono in storia e mio padre mi urlò contro che nella vita non avrei combinato nulla, Giulia e il suo motorino che ci portava ovunque, le torte della nonna la domenica.

Chissà che fine avrà fatto Giulia.

All'interno ci sono polaroid della mia camera, un compito in classe di italiano su Don Chisciotte della Mancia con un "8-" scritto in rosso, due biglietti strappati per il concerto di Vasco Rossi, il walkman di Fabio. L'unica cosa che mi era rimasta quando mi aveva lasciato in mezzo alla strada un giorno qualunque di un mese qualunque della quinta liceo.

Chissà che fine avrà fatto Fabio.

La seconda scatola ha un'etichetta rovinata, "corso Italia", me la ricordo bene.

Non è stato il tempo a rovinarla, lo era già quando ce l'avevo messa su. L'avevo staccata da una scatola di legno più piccola, così come avevo spostato tutto il contenuto in questa decisamente più capiente. Corso Italia era la vita mia e di Costanza.

Gli anni belli. Quelli che una scatola non basta e neanche cento. Carte di cioccolatini si mescolano a biglietti della fortuna, foto orribili di un passato in discoteca non ben definito, lettere scritte e mai mandate, skipass di un weekend memorabile e il biglietto per Monterosso di quel treno mai preso per raggiungere Angelo, il ragazzo con cui uscivo da qualche mese. Avevo appena scoperto che, a quanto pareva, amava relazionarsi con più ragazze contemporaneamente, e così rimase ad aspettarmi in quell'alberghetto sul mare ligure convinto che sarebbe bastato così poco per essere perdonato. E invece quel treno non lo presi mai. E andai fuori a cena con Costanza e, soprattutto, per la prima volta scelsi me.

E poi, lui, in mezzo a tutta quella vita inscatolata.

Lo prendo fra le mani, lo sfoglio senza però davvero aprire le pagine.

Ero certa di averlo perso. Ci avevo anche sofferto, per quella perdita. Ma alla fine mi ero risposta che sì, crescere significa lasciar andare. E allora un diario scritto vent'anni prima, pieno di dettagli di vita e di una me che non esiste più, andava perso.

È lì, in quella latta troppo stretta per contenerlo.

Lo avevo fatto stampare in una copisteria universitaria, a più riprese, aggiungendo ogni volta un pezzo, anche se ero terrorizzata all'idea che qualcuno potesse leggerlo. Ma lo avevo comunque stampato, ancora più terrorizzata all'idea che il computer non fosse un luogo sicuro per custodirlo.

Avevo paura di perdere un amico.

In fondo quelle parole, quel pc, quella tastiera sempre sporca di briciole erano la mia compagnia quando mi sentivo troppo sbagliata per relazionarmi con le persone.

Avevo paura di perdere quelle pagine.

E allo stesso tempo avrei voluto perderle.

Come quando ammucchiavo vestiti sopra cose e sentimenti e chiudevo tutto in un armadio.

Ma sapevo che non sarebbe bastato un armadio, né un qualsiasi altro posto, per stabilire la sorte di qualcosa.

Ci sono cose che si perdono e non si ritrovano mai più e ci sono cose che, forse, non vanno perse.

Il mio diario di quando ero ragazza era la fotografia reale, vera e onesta di quegli anni e ritrovarlo è un regalo della vita.

Soprattutto ora.

Soprattutto ora che nonna Ada mi ha chiesto di vivere.

Lei, come nessun altro ha fatto prima.

Non avevo mai pensato di liberare questo spazio. Forse negli anni mi era venuto in mente, ma c'erano state cose più importanti a cui pensare.

Ho una vita piena, la riempio come si faceva da bambini con l'acqua nei bicchieri.

Arrivo al limite e poi avvicino la bocca perché ogni piccolo movimento nel sollevare il bicchiere potrebbe farla strabordare.

Esattamente così, è la mia vita.

Arriva all'orlo e ogni tanto basta un niente per farla fuoriuscire.

Mio padre diceva che a casa potevamo farlo, versare l'acqua fino al bordo, ma senza fare rumore con la bocca quando si beveva, perché era maleducato.

Al ristorante invece non si poteva, perché davanti agli altri bisognava sempre dare un bell'esempio di educazione.

Fuori casa non si poteva fare praticamente nulla se non adeguarsi agli adulti attorno a noi.

"Sembra un piccolo adulto" era il complimento riferito a me che i miei adoravano ricevere.

Io invece adoravo essere bambina, bagnarmi con l'acqua, colorare fuori dai bordi, mangiare con le mani come facevo quando nessuno mi vedeva.

Ancora oggi, di nascosto, mi perdo nei negozi di giocattoli come se cercassi un'infanzia che non ricordo e finisco per stringere in mano un peluche che avrei voluto ricevere da piccola, ma per cui evidentemente ero già fuori tempo.

Ci sono nata, fuori tempo, credo.

In compenso ho imparato a fingere benissimo.

Ma ho bisogno di regole, altrimenti mi perdo.

E, come facevano i miei genitori quand'ero piccola, oggi i ritmi me li impongono il mio lavoro e Mia.

Mi sveglio alle sette, ogni mattina, preparo la colazione per me e per lei.

Siamo sole, da prima che lei nascesse. L'ho saputo il giorno stesso del test di gravidanza, che l'avrei riconosciuta e cresciuta da sola.

Il padre non l'ha mai fatto. Il padre, Mia, non lo ha nemmeno conosciuto. Se ne è andato di fronte a quella nuova vita che stava per nascere.

Ora io e Mia ci prendiamo cura l'una dell'altra, a volte. A volte no.

Ci sono mattine in cui parliamo, altre in cui c'è silenzio.

A volte chiedo, a volte so che non devo.

La colazione non cambia mai, per entrambe. Per me yogurt con i cereali, per lei frutta, sempre diversa.

Il caffè macchiato con un goccio di latte parzialmente scremato, per me.

E da quella stessa tazza qualche cucchiaio di caffè finisce nel suo latte.

Le piace l'odore, meno il sapore.

Ci piace dividerci le cose. Lo facciamo da sempre.

Quando era piccolina andavamo al ristorante insieme e prendevamo ogni piatto a metà.

Alla fine mangiavo quasi tutto io, ma era bello vederla assaggiare cose sempre diverse e insegnarle in qualche modo la condivisione del cibo.

Era un valore importante, in casa della nonna.

Quando ho tempo preparo una torta e allora la divoriamo in una giornata.

La cheesecake fredda era la sua preferita, da bambina. Mi faceva comprare i mirtilli neri in un negozio altoatesino in centro a Milano e si sporcava tutta la faccia di viola mentre divorava la sua torta buonissima.

Oggi non la mangerebbe. Troppe calorie, troppa copertura, troppo tutto.

In adolescenza la prima cosa che è di troppo è la mamma, ma dicono tutto cambi, poi.

Pranziamo insieme, questo lo facciamo spesso. Ci piace provare ristoranti nuovi ogni settimana, soprattutto d'inverno, mentre d'estate andiamo sempre da Ugo per quell'insalata di fagiolini e mandorle che adoriamo entrambe.

Sembriamo amiche, a guardarci da fuori.

Lei è alta quanto me, ha i capelli chiari, qualche lentiggine che compare e scompare sulla sua pelle bianca. Gli occhi non sono i miei, neanche il sorriso.

Ha un diastema tra i denti che si è ridotto negli anni e le labbra sottili, quasi sproporzionate rispetto agli occhi grandi del colore delle nocciole.

Sembriamo amiche, a guardarci di spalle.

E invece siamo solo "quelle due". È così che ci chiamava la nonna.

"Quelle due", senza mai distinguere la madre dalla figlia.

Potevamo essere due persone qualsiasi, anonime nella folla.

E invece aveva un modo di pronunciarlo, "quelle due", che suonava come un abbraccio.

Lei "quelle due" le teneva strette come non facevano gli altri, eravamo ai suoi occhi delle sopravvissute a un dolore che, in casa nostra, non si poteva nominare.

Il pomeriggio, quando Mia va al corso di teatro, io torno in studio per le visite quotidiane.

A volte vorrei fosse più impegnativo, il mio lavoro. Ma non arrivo ai mille assistiti, negli ultimi tempi. Mi dispiace, lo penso davvero. Però credo che si siano resi conto loro stessi che non sono mai stata investita della vocazione che un medico dovrebbe avere.

Ho studiato, conosco ogni cavillo della mia professione e ho tutte le competenze del caso, ma non ci metto il cuore, non ci riesco. E alcuni pazienti quest'anno hanno cambiato medico e hanno fatto bene. Dicono che non rispondo, che non ricevo quanto dovrei, ma la verità è che io resto nei limiti della legge. Faccio il minimo, lo faccio bene ma non mi sforzo per fare qualcosa in più.

È forse quello che differenzia un lavoro che ami da un altro.

Che mi dispiaccia, però, è la verità. I pazienti mi interessano, ad alcuni mi sono anche affezionata.

La signora Carla, ad esempio, ecco, lei mi mancherà. Lei e i suoi malanni stagionali, lei e il suo colesterolo alto, lei e i suoi "dottoressa è sempre così paziente e gentile con me".

Mi ricorda la nonna, la signora Carla.

Alla fine, però, come tanti altri se ne è andata via anche lei.

Quando non visito, dipingo mobili antichi.

Ho iniziato a farlo per aiutare mia nonna Ada con la sistemazione della casa in campagna, mi divertiva l'idea di dare un nuovo colore alle cose e ancora di più mi piaceva l'idea di fare, finalmente, qualcosa di creativo. Non che fosse un mio talento, ma somigliava sicuramente di più alla mia idea di felicità.

La nonna amava i colori ma era come se non le fossero stati insegnati, e allora manteneva un "legno originale" ovunque.

Alla fine il materiale nella sua purezza non stanca mai, non ha età e dura per sempre, diceva.

Ma io sono convinta che, soprattutto negli ultimi anni di vita, avrebbe voluto vedere la cucina verde, il salotto ocra, la camera da letto lilla, il suo colore preferito.

L'avrebbero presa per matta però, allora non l'ha fatto.

Ma lo farò io, se mai riuscirò a farla diventare casa nostra.

C'è silenzio in questo spazio di trentacinque metri quadri, incolore, pieno di scatoloni. E io non lo amo.

C'è stato un momento in cui lo desideravo più di ogni altra cosa al mondo, il silenzio, insofferente a tutto il caos di casa mia.

Eppure, nei momenti come questo vorrei sentire ancora le urla di mia nonna che richiama tutti all'ordine della tavola, la finestra sempre aperta al piano di sopra da cui origliavamo i segreti di paese, il pranzo della domenica alle tredici che sapevamo come iniziava ma che non avevamo mai idea di come sarebbe andato a finire.

Ci si sedeva puntuali.

A capotavola la nonna Ada e poi figli e nipoti, ognuno con il proprio posto assegnato negli anni.

Gli antipasti erano sempre prodotti dell'orto, cucinati in mille modi diversi, con i ricettari antichi che si univano a tradizioni di famiglia e a sapori assaggiati chissà dove e riprodotti a sentimento.

Il primo piatto era quello che tutti aspettavamo di più, perché l'abbondanza della porzione calmava e sigillava la nostra fame, più che la nostra gola. C'erano i fusilli con la crema di zucchine e menta che lei ricopriva di formaggio grattugiato e gratinava in forno e, nella loro semplicità, erano un piatto divino.

E poi il tiramisù in quel contenitore di vetro dal tappo blu che tutti cercavamo in frigorifero sperando di poterne rubare un ultimo boccone. Non bastava mai, quel savoiardo intriso di caffè e ricoperto di mascarpone preparato rigorosamente senza albumi.

Chiudeva il pranzo la moka di caffè, religione per gli adulti e per i più piccoli profumo che li avrebbe accompagnati tutta la vita.

Era un pranzo ricco, di piatti poveri.

Erano piatti poveri di una donna che la povertà non la conosceva, ma la interpretava. Della povertà le piacevano l'essenza, i pochi ingredienti indispensabili e l'assenza del superfluo. Era una povertà scelta, non ereditata.

E c'era una ritualità in questa tavolata che somigliava a un albero genealogico: dalla nonna partivano rami che si intersecavano tra di loro, arrivando fino a nove nipoti.

Eravamo come le bouganville bellissime dei mesi estivi.

E, come quelle bouganville, ci spegnevamo quando arrivava il freddo.

Il sole era lei e tutti sapevamo, anche senza essercelo mai detti, che quando la nonna sarebbe morta, quel tavolo si sarebbe spezzato.

«Adele!»

«Mamma, dimmi.»

«Ti ho chiamato tre volte, dove sei?»

«In studio, sto liberando tutto per il rogito, mamma. Ho poco tempo e ormai sono sempre qui.»

«Ma vieni oggi?»

«Dove?»

«Ma come dove, Adele? Dal notaio, per la nonna. Ha chiesto espressamente che ci fossi tu.»

«Il notaio! L'avevo rimosso, mamma. Oddio, è mancata da appena un mese e già saremo tutti lì a discutere, lo so. Va bene comunque, ci sarò.»

Le questioni legate alla casa di campagna faranno sì che, dopo una iniziale armonia di facciata, poi cominceranno i litigi sulle divisioni ereditarie, sul perché io sia stata la "prescelta" per la metratura più grande della casa padronale e si concluderà dicendo che alla fine è giusto così, perché la vita "le ha già tolto un pezzo, lasciamole almeno questo".

La nipote monca.

E comunque la casa, da lascito testamentario, sarà divisa così: a me il corpo principale, agli altri nipoti gli immobili accessori e le due casette dei custodi. Gli ettari di terra saranno divisi in parti uguali.

So già tutto, prima ancora dell'appuntamento dal notaio.

Me ne parlava sempre, la nonna, del giorno in cui avrebbe diviso tutto, e ogni volta mi ricordava quanto quella casa io fossi l'unica a conoscerla tanto quanto lei.

I tuoi cugini da piccoli avevano paura di questi spazi un po' bui e così grandi, tu eri la più piccina e li guidavi tutti quanti come se avessi vissuto qui da sempre. Conosci questa casa come se ci fossi nata.

Ma io non ci ero nata. Semplicemente la riconoscevo.

Nessuno era più legato a quella casa, e alla nonna, di me.

C'è molto di più di una planimetria da dividere davanti a uno sconosciuto, ma le regole impongono questo.

E io sono abituata a rispettarle.

Il notaio Trecase ha lo studio in una piccola via del centro, a meno di due chilometri dal mio spazio.

È una bella passeggiata, in una giornata così. È arrivato il caldo, si avvicina il tuo mese preferito, ci siamo quasi.

Ci siamo quasi, nonna.

Eugenio, Arnaldo, Attilio, Rita, Beatrice, Malvina, Marco, Giovanna, Mia.

Non manca nessuno.

Nell'ordine i miei zii, mio padre, mia madre, i miei cugini, mia figlia.

Non ho fratelli, quanto avrei voluto averne uno. O una sorella.

Anche solo per non concentrare tutte le aspettative su di me, tutta quell'ansia.

Ma è andata così.

È la prima volta che siamo tutti riuniti, senza di lei.

Non è fine agosto, non è Natale, ma siamo comunque qui per te, nonna.

Il notaio profuma di uomo d'altri tempi e il suo studio ha preso lo stesso odore. Ci sono libri ovunque, nelle antiche librerie di legno che ricoprono le pareti e sulla scrivania. I cassetti scricchiolano ogni volta che la sua segretaria li apre per riporre dei documenti e lo stesso suono lo fa il pavimento di parquet di fine Ottocento.

A tratti mi ricorda mio padre Attilio.

Quelle figure composte, un po' rigide all'apparenza ma di cui ti immagini di poterti fidare.

Io non so come si possa scegliere di fare questo lavoro però al notaio Trecase piace. Lo si capisce da come prende delicatamente la cartelletta dalla sua assistente e con la stessa delicatezza ci chiede di accomodarci. È gentile, sì, ed elegante, mentre si appresta a leggere le ultime parole di nonna Ada.

«Buon pomeriggio a tutti, ben trovati. Ho qui con me l'ultima volontà della signora Ada Marrasi, ascoltiamola insieme.»

... revoco quindi ogni mia precedente disposizione di ultima volontà e desidero quanto segue.

Lascio ai miei figli Attilio, Eugenio e Arnaldo tutti gli immobili di via dell'Eremo a Borgonato a esclusione della dimora principale, costituita dalla villa padronale, che lascio a mia nipote Adele Lorenzi e alla mia pronipote Mia Lorenzi.

Gli ettari di terreno saranno divisi in parti uguali.

I beni mobili contenuti all'interno di ogni dimora sono da considerarsi di proprietà del nuovo erede.

Lascio inoltre alla mia pronipote Mia le tre poltrone di velluto del salotto principale della dimora padronale, lei sa il perché.

«Mia, le poltrone?»

«Poi ti racconto mamma, non ora. Ringraziamo il notaio e spostiamoci un attimo da qui.»

Il notaio ci saluta con una stretta di mano, lasciandoci alla segretaria per le ultime questioni pratiche e per le firme necessarie, e si allontana con la stessa grazia con la quale ci ha accolti. Il primo a parlare è mio padre Attilio.

«Adele, la nonna ci aveva anticipato che la casa padronale sarebbe stata lasciata a te, sapevamo che includeva anche il lascito a Mia, a cui lei era molto legata. Siamo felici sia andato tutto così, i tuoi zii avranno da ridire ma tu non preoccuparti. Era la sua volontà, è giusto così.»

«Hai visto lo zio Arnaldo? Mi ha fulminato con lo sguardo, come se fossi stata io a decidere.»

«Si è anche tolto gli occhiali.»

«Certo, lo fa sempre quando deve mettere i puntini sulle "i", ma non ha potuto.»

«Vorrei vedere che dicesse qualcosa davanti al notaio della nonna, sarebbe stato ridicolo.»

«Sì, però voglio parlarci, papà.»

«Non serve, è la volontà della nonna e va bene così. Magari parlo io con Eugenio.»

«Malvina non vedeva l'ora di andarsene, non credo neanche le interessi del testamento, lei vive in Norvegia, ormai non ha più molti legami con Milano.»

«Meglio così, Adele, tu eri l'amore della nonna, tu e solo tu.»

«Io e te.»

«Ho sempre pensato preferisse te e temo lo pensino un po' tutti qui dentro.»

«Non fare il geloso, tu eri il figlio maggiore, sei sempre stato il primo.»

«Be', comunque una cosa è certa, di sicuro non preferiva la mamma.»

«Dài, papà! Senti, io ora sono stanca, inizio ad andare a casa con Mia.»

«Ti accompagniamo noi in macchina?»

«No, grazie, facciamo due passi, prendiamo un po' d'aria.»

«Come vuoi, domenica vi aspettiamo a pranzo. Di' a Mia che la nonna le ha fatto la sua lasagna preferita.»
«Papà, Mia è diventata vegetariana, lo sa la mamma?»
«Sì, lo sa lo sa, tranquilla.»
«Grazie, pà, a domenica.»

«La nonna domenica ti fa la lasagna, ti prego di non fare storie.»

«Mamma, lo sai che la nonna mette lo speck nella lasagna ai carciofi, vero? Sembra lo faccia apposta, dice che se usi poca carne è vegetariana lo stesso, ti rendi conto?»

«E tu toglilo, non mangiarlo, ti prego, Mia, non mettertici anche tu. Ho un miliardo di cose a cui pensare.»

«Come sempre.»

«Mia, per favore.»

«Non ci sei solo tu con miliardi di cose a cui pensare, esistono anche gli altri.»

«Oddio, Mia, lo so, non iniziare, non ho voglia di discutere stasera. E non ho mai detto di essere la sola, ma ho un sacco di pensieri, lo spazio da smantellare e svuotare, i casini con il lavoro e i pazienti da sistemare e l'unica persona che mi capiva non c'è più.

È un dolore che non ho neanche il tempo di vivermi.»

«Mamma, ma senti quello che dici? È morta la nonna. Esiste qualcosa di più importante? Chi se ne frega dello spazio da vendere e degli altri! Tu hai bisogno di prenderti un po' di tempo per te, sei esaurita.»

«Forse lo sono sempre stata.»

«Senti, andiamocene via qualche giorno. Vengo con te, non ti lascio sola. Ci facciamo due giorni al mare con Costanza, così stacchiamo da tutto? E saltiamo anche un pranzo dai nonni, che non succede niente. Mi fai arrabbiare, ma sei comunque mia madre, e so quanto io e te soffriremo per la nonna Ada.»

«Mia, secondo te in un momento come questo mollo tutto e me ne vado?

Comunque ci penso, promesso, magari un weekend più avanti. Ora passiamo lì dallo spazio un attimo a vedere com'è la situazione, poi andiamo da Ugo? Non ho voglia di cucinare stasera.»

Lo spazio che sto per vendere è in centro, è stato un investimento intelligente e sicuramente una delle poche cose stabili fatte nei miei primi trent'anni di vita.

L'annuncio lo avevo trovato un sabato sera su un sito di immobili, nella parte alta riportava la dicitura un "ottimo investimento". In effetti il prezzo era assolutamente corretto, considerata la zona e la ristrutturazione recente. In più la proprietà aveva fretta di vendere, causa trasferimento all'estero.

Dalla finestra più grande si vede la chiesa di Santa Maria dei Miracoli, un gioiello milanese che non in tanti conoscono, a meno di un chilometro c'è casa nostra e poco più in là c'è Ugo, mia seconda casa e mio angolo segreto quando voglio che nessuno sappia dove sono.

Capita.

Ci sono alberi fuori dal palazzo e piante dentro.

E c'è silenzio, in questa serata di luglio calda e deserta.

«Mamma, come hai fatto a far entrare in trentacinque metri quadri tutta questa roba? Avrai almeno cinquanta scatoloni da riempire, etichettare e mettere da parte.»

«Ah, non lo so, Mia, c'è di tutto… E ho appena iniziato a sistemare, avrò bisogno di tempo, per farlo.»

È una storia tra me e gli ultimi venti o trent'anni, questa. E forse non è un caso se proprio oggi, a un mese dalla scomparsa della nonna, in una Milano che mi conosce da sempre, il passato torna a me, ricordandomi tutto quello che è stato.

Proprio ora che non ho chiesto il permesso a nessuno.

Proprio ora mi tocca fare i conti con il mio passato.

«Mia, ho chiamato Ugo. Ci tiene il nostro tavolino, mi ha detto che ci prepara le polpette al sugo con il pane che fa lui.»

«Mamma, ci sono trenta gradi.»

«Lo so, ma non ho avuto il coraggio di dirgli di no. Sa quanto ti piacciono. Piuttosto, io dopo cena devo tornare qui per continuare con gli scatoloni, che vuoi fare tu?»

«Posso tornare con te?»

«È pieno di polvere, meglio di no.»

«Dài, mamma. Ho diciassette anni, mi tratti come fossi una bambina! E poi non c'è nessuno a Milano, e io non sopporto di lasciarti sola stasera, lo sai. Mettimi a impacchettare cose. Mangiamo e poi veniamo qui a fare scatoloni, ok?»

«Ok, va bene.»

«Ma se chiamiamo anche Cò a darci una mano? Lei viene, lo sai. Così in tre facciamo anche prima. Che dici?»

«Stasera no, Mia. Sono a pezzi, non sarei neanche di compagnia. Domani mattina la chiamiamo, così le porto anche delle cose sue che ho recuperato qui in mezzo.»

Ugo ha quattro tavoli in croce, apparecchiati con tovaglie di carta semplici sulle quali sono scritti i piatti del giorno e i relativi prezzi. Li scrive a mano lui stesso, ogni giorno.

Puoi trovare il "vitelo tonnato" che ha perso una elle, le verdure "Giuliana", come chiamano lui e sua moglie la julienne, o piatti del giorno con nomi strani, senza alcuna spiegazione.

Famose sono le sue pappardelle "ingrugnite", che chiama così senza alcun motivo, se non quello di dare un nome alle cose, a caso.

Ma è tutto terribilmente buono, da lui. E pieno d'olio, come si faceva una volta.

Nonna Ada diceva che le zucchine ripiene di Ugo erano le migliori di Milano, d'Italia forse.

E io avevo imparato ad amare il concentrato di pomodoro anche da quella farcitura ricca e golosa che lui inserisce minuziosamente all'interno delle zucchine, dove il concentrato è mescolato con il pangrattato, i capperi, le olive, il pepe, l'olio d'oliva. Non ci sono ingredienti segreti, in quelle zucchine ripiene, se non l'amore per la tradizione. Sanno di casa, un po' come i piatti della nonna.

Il nostro tavolino è quello vicino alla cassa, da sempre.

Non l'ho mai scelto ma è diventato il "tavolo Adele x2" nel tempo ed è sempre libero, quando sa che siamo in arrivo. Resta "x2" pure quando vado da sola perché "magari viene qualcuno a salutarti", anche se poi nessuno passa mai.

Quando ci vado sola è perché non ho voglia degli altri.

Ma Ugo non capisce, lo so. Per lui, da sola, ci resti. Non puoi scegliere di starci.

Quando succede mi guarda sempre con aria triste e a volte si siede con me, pur di non farmi mangiare in solitudine.

Stasera il tramonto sta cominciando solo adesso e noi, piene di polvere addosso e con le facce di due che hanno bisogno di dormire, abbiamo ordinato le uova con la cicoria e il pane croccante e le sue polpette al sugo.

«Vi metto in mezzo una bruschetta, che ho i pomodori dell'orto buoni buoni?»

«Tanto dividiamo tutto, già lo sai.»

«Un calice di vermentino, per me.»

«E acqua. Una e una.»

Io e Mia ci guardiamo.

Ha le unghie bordeaux leggermente a punta, che sulle sue mani lunghe e affusolate risultano eleganti. Il modo in cui le muove la fa sembrare grande. Crescono in un attimo, te lo dicono tutti. E bisogna credergli.

«Non pensavo avessi tutte quelle cose là dentro, mà.»

«Neanche io. In tutti questi anni me ne ero dimenticata. C'è di tutto. Dopo ti faccio vedere un po' di "reperti" di quando studiavo medicina. Come ti ho detto ho trovato anche cose di Costanza, figurati. Se glielo dico ride per tre giorni.»

«Infatti avremmo dovuto chiamarla. Alla fine lei è famiglia e la nonna Ada le voleva un bene dell'anima. Secondo me se pensa a noi tre insieme, sorride. Ovunque lei sia.»

«Che bella cosa che hai detto, Mia. Hai ragione, chiamiamola. Se non ci raggiunge qui, le diciamo di venire alle nove direttamente là. Faremo notte, già lo so.»

«Ci sta. La chiamo io.»

«Zia Cò, ehi!»

«Ciao, Mì. Tutto ok dal notaio? Gli zii agguerriti?»

«Il giusto, dài. Si sono contenuti. Piuttosto, hai voglia di raggiungere me e la mamma da Ugo? Stiamo per mangiare un boccone, poi andiamo al suo spazio a fare scatoloni e volevamo una mano.»

«Passami tua madre un attimo.»

Prendo il telefono da Mia.

Costanza è il nostro punto fermo, non sarà difficile convincerla.

«Ehi, come stai?»

«Insomma, dài, Mia mi tiene su e Ugo sta facendo le polpette.»

«Sei in una botte di ferro, allora. Io ho mangiato, vi raggiungo dopo direttamente lì.»

«Ti aspettiamo.»

«Ciao, bambine!»

"Bambine", come ci chiamava scherzando nonna Ada.

Da quando non lo fa più lei, lo fa Costanza.

Abbiamo la stessa età ma lei è sempre stata più grande di me in tutto.

È capo della comunicazione di una grande multinazionale, ha fidanzati che scappano regolarmente e con una tale velocità da non essere mai riuscita a costruirci una famiglia.

"Mi basta e avanza fare la zia di Mia" dice sempre.

Ma io lo so che non è la verità.

Costanza è la mia migliore amica, ho dimenticato da quanto, ma ci sono cose che non ci siamo mai dette. E forse va bene così.

Siamo cresciute insieme, non in adolescenza, ma in quella fascia di età in cui inizi a essere adulto e a metterti alla prova con la vita.

Il giorno in cui ho lasciato casa dei miei genitori, è cominciata la mia vita con lei.

Prima coinquiline, poi amiche, poi sorelle. Avevamo ventiquattro anni e una vita davanti da imparare.

Eravamo grandi e non volevamo chiedere nulla ai nostri genitori. Eravamo capaci, adulte, responsabili e soprattutto dovevamo dimostrare a chiunque che potevamo farcela da sole.

Lei mi insegnava a fare le lavatrici e a cucinare le quiche perfette e io ero il medico senza specializzazione esperto di tutto, per ogni male e ogni dolore improvviso.

Quando lei tornava dallo stage arrabbiata con il mondo per gli orari, i ritmi e i due spicci che prendeva, c'ero io a prepararle la cena. E quando io soffrivo per quegli esami della specializzazione per cui studiavo giorno e notte, c'era lei a portarmi in giro a bere i gin tonic migliori della città.

C'eravamo sempre, l'una per l'altra.

Andavamo sui Navigli, conoscevamo tutti i locali e quando ci salutavano per nome, all'ingresso, allora ci sentivamo le regine della serata nella nostra "bolla milanese" in cui, insieme, nulla di brutto poteva succedere.

Se singolarmente eravamo due ragazze normali, insieme eravamo bellissime.

Lei mora, con i caratteri sardi di sua madre, le sopracciglia importanti e la bocca carnosa. Aveva fianchi che sembravano larghi ma era in realtà la vita a essere troppo stretta. Sembrava una pin-up degli anni Cinquanta e sapeva alla perfezione come muoversi in mezzo alla gente per attirare gli sguardi degli uomini.

Io ero esattamente l'opposto, algida, con gli occhi verdi e, preso da mia madre, il fisico longilineo.

Avevo i capelli biondi di nonna Ada, caotici, né ricci né lisci. Una piastra sarebbe bastata a disciplinarli ma io non sopportavo tutti quegli "arnesi". Di nonna Ada avevo anche il cuore, ma quello in pochi potevano vederlo.

Non mi ero mai sentita bella, ma lo ero, diceva lei.

Se solo facessi un po' di più la smorfiosa.

Ma io non ne ero capace.

Ci stavo a malapena, in quel corpo esile.

Però sapevo che eravamo guardate, io e Costanza, quando uscivamo. E allora scommettevamo inutilmente su chi attirasse più sguardi o su chi, a fine serata, riuscisse a conquistare più numeri di telefono. Vinceva sempre lei, ma era divertente nascondere timidezza e insicurezza sotto una gonna corta e un cocktail in più.

Tanto che ne sa la gente di noi, pensavamo.

Eravamo l'anima della festa e a tutti andava bene così. Se poi una delle due tornava a casa piangendo o passava la notte in bianco, c'era l'altra a consolarla.

Tutti fingevano, ce lo aveva insegnato la vita.

E io di maschere ero circondata. A cominciare da mio padre e dalla sua perfetta andatura in mezzo alla gente, e dai sorrisi cinematografici di mia madre alle cene con gli amici, e poi c'era tutto quel circo in cui ero cresciuta e di cui a volte mi sentivo di dover essere giullare di corte.

Anche io e Costanza recitavamo una parte con gli altri ma, tra di noi, mai.

Quando la sera spegnevamo le luci, nella nostra casetta tanto piccola quanto accogliente, eravamo noi.

Sorelle, per scelta.

«Mia, tu lo sai che tua madre in questo spazio ha stipato, credo, metà della sua vita, vero?»

«Zia, ti ho fatto venire apposta. Così quello che non dice lei, me lo dici tu.»

«Tipo, mamma, cos'è questa specie di soldatino di legno?»

«Oddio, Costanza, guarda cosa ha trovato Mia.»

«Ahahah, non è quello che penso, vero?»

«Mia, amore, tu non hai idea della storia che c'è dietro quello che tu chiami "soldatino di legno". Vale talmente tanto che, per paura di perderlo o di romperlo, l'ho lasciato qui da vent'anni.»

«Per paura di perderlo, non perché è orribile, vero?»

«Dài, Cò, lo sai che ha un significato.»

«Scusate, mi dite qualcosa?»

«È una lunga storia, legata a un viaggio che abbiamo fatto in Indonesia da ragazze e...»

«... e tua madre si era innamorata di un personaggio abbastanza influente del luogo.»

«Veramente era lui che si era innamorato, non io.»

«Be', comunque, per fartela breve, Mia: quest'uomo voleva che tua madre rimanesse lì a vivere, era follemente innamorato e le aveva promesso una vita pazzesca lì, ma lei niente, non ha ceduto, e l'ultimo giorno della nostra vacanza lui le ha dato un pacchetto... ahahah.»

«Costanza, dài! Mi ha dato un pacchetto dicendomi di custodirlo gelosamente perché conteneva tutto il suo amore.»

«E?»

«E noi ci aspettavamo un anello, un gioiello rarissimo, e invece in aereo lo abbiamo aperto e c'era questo soldatino che a quanto pare apparteneva alla sua famiglia aristocratica da generazioni.»

«E non siete riuscite a venderlo, giusto?»

«Esatto.»

«Non è vero, non ci ho neanche provato. Lo tengo come ricordo. E comunque nella stessa scatola dovresti trovare altri reperti storici di quel viaggio.»

«E invece questa specie di vaso? Questo secondo me era della nonna.»

«No.»

«Tuo?»

«Sì.»

«Non ti facevo così vecchia, mà.»

«Mia…»
«In ogni caso è bellissimo.»
«Sì, è un vaso. Lo era, almeno. Ma non c'entrava nulla con casa nostra e allora l'ho lasciato qui.»
«E allora perché lo hai comprato?»
«È stato un regalo.»
«Dell'indonesiano?»
«No.»
«Ok, ho capito, non chiedo altro. Zia, non chiedo altro, faccio bene?»
«Benissimo, Mia, fai benissimo.»

La polvere è fastidiosa.

Ma l'emozione di ritrovare cose appartenute al passato è troppa, per entrambe.

Glielo leggo negli occhi. C'è una vita, in questi metri quadri, che affascina terribilmente Mia e i suoi diciassette anni. È come essere su un set cinematografico dove ogni oggetto ha una storia che lei non conosce, una storia di cui spesso fa parte Maurizio e quindi, in fondo, già anche lei...

Quel vaso, per esempio.

Eravamo in un mercatino dell'antiquariato, di quelli all'aperto che si organizzano l'ultima domenica del mese. Maurizio lo vide e mi disse che era perfetto per casa nostra.

Noi non ce l'abbiamo una casa.

Ma ce l'avremo, fidati di me. Quando andremo a vivere insieme questo vaso lo metteremo all'ingresso.

Lui fantasticava come nessun altro aveva fatto mai con me e io smussavo ogni rigidità davanti al suo sorriso.

Allora lo compriamo quando abbiamo una casa.

No, te lo regalo oggi, così sai che non scherzo.

«Va bene, allora, non voglio sapere del vaso, ma questo?»
Mia ha afferrato qualcosa da dentro uno scatolone.
«Cos'è, Mia?»
«Ah, dimmelo tu.»
«Non vedo niente, portalo qui.»
«Mamma, dimmi che è il tuo diario segreto, sono troppo curiosa!»
«Adele, non ci credo. Non può essere quello...»
«Mia, dammi qua. È solo un diario in cui scrivevo cose da ragazza.»
«Ma non lo avevi perso?»
«Ero convinta di sì, l'ho cercato per anni e invece era sempre stato qua.»
«Mia, dài, sistema un po' quello scatolone. Io e Cò ci facciamo un caffè di là.»

Dello studio che stavo per vendere mi ero sempre fatta bastare quei trentacinque metri quadri, ma averne a disposizione altri ottanta quando gli architetti non c'erano permetteva di prendersi un po' di privacy.
Io e Costanza ci appartiamo accanto alla macchina del caffè, nell'angolo sotto alla grande finestra da cui entra la luce principale.
«Devi farglielo leggere.»
«Ma tu sei pazza.»
«Adele, in quelle pagine c'è tutto quello che tu sei stata, potrebbe essere più facile spiegarle anche il resto. È grande, le hai sempre detto cose a metà, ora glielo devi. Finirà per odiarti se non lo fai ora.»
«Forse mi odia già.»
«Ha diciassette anni, probabilmente odia anche se stessa. Ma ti ricordi come eravamo noi anche solo vent'anni fa? Vorrei rileggerlo io il tuo diario.»
«Dài, Cò! Non è facile, lo sai. Io ci provo, è che non

credo di esserne capace. Sono io la madre e mi comporto da figlia.»

«Adele, tu sei la madre. E credi a una che una madre non l'ha praticamente mai avuta, Mia è fortunata e lo sa. Ma è giusto che completi la sua storia con tutti i pezzi mancanti.

Tu hai solo paura, ma questo non mi sembra ti abbia mai fermata. Pensa a lei e solo a lei. È ora di parlarle.»

«Abbracciami, Cò, mi sento crollare in questo periodo. Senza la nonna, poi. Io non so come si fa.»

«Pensa che lei lo vorrebbe più di chiunque altro. Forse Ada se ne è andata perché tu prendessi il coraggio in mano. È questo il momento di farlo. Io torno da lei, tu prenditi un attimo per te.»

Costanza mi ha stretto le mani con gli occhi rigidi di chi il dolore lo conosce.

Lei non piange, lei ingoia emozioni e va avanti. Così dal giorno in cui l'ho conosciuta, figurarsi prima. È questo che le ha insegnato la vita.

Non si piange, altrimenti arriva la polizia.

Non si piange, altrimenti arriva la polizia.

Non si piange, altrimenti arriva la polizia.

«Non è una bella storia, la mia.»

Diceva così le prime volte che parlavamo, da coinquiline nel nostro appartamento in condivisione.

«Forse nessuna storia è bella» le rispondevo io.

"Dipende da dove la guardi" avrebbe detto nonna Ada.

È cresciuta sola, Costanza, con sua madre Teresa che entrava e usciva dalle cliniche e del padre neanche una traccia. È cresciuta nella casa delle dipendenze, dove tutto rendeva sua mamma felice per un attimo e poi *puff*, ogni cosa svaniva.

Una sera, mentre eravamo sul mio lettone della nostra piccola casa in affitto, mi raccontò che Teresa, era così che la chiamava, preferendo il nome proprio a quello di mamma, spesso la lasciava a casa dei vicini, ma alla fine tornava sempre.

E ogni volta ridendo, felice, a volte talmente allegra che sembrava ballasse, da quanto si muoveva.

Saliva su e giù per le scale di casa, inciampando nei gradini, lanciava i calzini in aria e fingeva di essere una cantante famosa con in mano una scarpa sporca a mo' di microfono, come in un grande spettacolo di Broadway.

A volte si truccava e lo show sembrava ancora più reale, per quel poco che durava.

Perché durava poco.

E lei, mentre sorrideva di questa madre un po' matta che le era capitata, si ritrovava di colpo a vederla crollare per terra, ogni volta nello stesso modo, e a ricominciare a piangere. E piangere.

E dentro di sé pensava: "Non piangere altrimenti arriva la polizia, non piangere altrimenti arriva la polizia, non piangere altrimenti arriva la polizia".

Ma una sera piangeva talmente forte che i vicini chiamarono di nuovo la polizia e quello fu l'ultimo spettacolo. L'ultimo pianto. L'ultimo sipario.

Da lì la storia di Cò è quella di una piccola grande guerriera, un po' lo siamo tutte, è vero, ma lei lo è un po' di più.

E lo sa. E la amo anche per questo.

Per questo suo dolore che non ha mai trasformato in durezza, in arroganza, in cattiveria.

Lei resta morbida. È come un materiale che davanti al calore e al freddo riesce sempre a mantenere la sua plasticità, la sua malleabilità.

È un potere unico, questa sua capacità di restare morbida e allo stesso tempo robusta, attraversando stagioni, temperature, sentimenti. Lo percepisci, quando ti avvicini a lei, quel senso di calore che ti abbraccia e ti circonda, è avvolgente ogni suo gesto ed è tutto così naturale, in lei, da renderla di una bellezza devastante.

È bella Costanza. Dio, quanto è bella.

La prima volta che la vide, la nonna rimase incantata dal suo viso. Diceva che negli occhi nascondeva qualcosa di un animale selvaggio e nel sorriso una dolcezza che riequilibrava le proporzioni.

E aveva ragione, era istinto e infanzia perduta, la mia Cò.

E con gli anni è diventata anche quello che il suo nome preannunciava.

Costanza, dal latino *constare,* restare saldo, costante, fermo, tenace.

Scalare, da donna, senza soldi e senza alcuna conoscenza, la gerarchia di un'azienda grande come quella in cui lavorava, era impresa che solo una come lei poteva.

Aveva avuto una carriera brillante e meritevole e, come diceva lei, era "appena all'inizio".

Ed era stato pazzesco viverlo insieme. Dal primo giorno di stage, in cui sapeva già dove sarebbe arrivata, alla prima promozione, al pomeriggio in cui arrivò a suonarmi a casa con una bottiglia di champagne in mano urlando al citofono: «C'è un nuovo direttore da festeggiare, fammi salire».

Ah, la mia Cò.

Che regalo immenso ci ha fatto la vita quel giorno in cui per caso ci siamo trovate a condividere i quaranta metri quadri più grandi della nostra vita.

Io, la finta borghese, lei, la ragazza con la borsa di studio.

Se non fossimo state io e Mia, quelle due, lo saremmo state io e Cò.

Il diario di vent'anni fa lo tengo stretto nelle mani. Ha un odore polveroso e acre, forse dovuto all'umidita dello studio, che mi ha sempre fatto prudere il naso, o semplicemente al tempo.

Non sono allergica alle muffe, me lo hanno confermato i prick test, ma la mia asma bronchiale si porta dietro un'allergia agli acari della polvere che convive con me da sempre.

L'umidità non lo ha rovinato, però. Lo stampatore della copisteria di fianco all'università lo ha rilegato con una copertina di plastica trasparente che lo ha protetto dal tempo.

Vorrei che qualcuno avesse protetto me, nel tempo.

Ma non so cosa sia una coperta protettiva, io.

E allora mi sono fatta uscire un carapace come le tartarughe, in modo da proteggermi da sola. Se serve.

Non è forza, ma spesso lo confondono per tale.

Accarezzo per qualche istante, quasi senza accorgermene, la copertina di plastica.

I diari segreti sono stati inventati per le storie d'amore immaginate, penso.

Sono fogli di carta pieni di sogni, di speranze, di immagini mai esistite.

Comincio a sfogliarlo.

Le pagine sono stampate in bianco e nero e le poche foto sono piccole e annerite.

C'è Jane Birkin nuda, con la frangia sugli occhi e i capelli lunghi che le coprono il seno, e ci sono frasi di film che si alternano a pezzi di canzoni.

Ci sono pagine stampate due volte, fronte e retro, probabilmente per sbaglio, ma che fanno numero e aggiungono giorni a giorni. E poi, alla fine, dopo quanto avevo fatto stampare in copisteria, ci sono alcune pagine, pochissime, che avevo aggiunto in un secondo momento, già dopo la nascita di Mia. Non ho quasi più scritto nulla dopo che è arrivata lei.

Mentre continuo a sfogliarlo mi dico che avrei dovuto inserire qualche foto mia, in mezzo a tutte le altre. Ma non mi piaceva guardarmi, non sopportavo gli scatti che i miei genitori mi facevano ovunque andassimo e detestavo ancora di più che l'immagine riflessa risultasse diversa da quella che avevo in mente io di me.

Ero una giovane donna di venticinque anni che entrava nell'età adulta consapevole che non sarebbe stato facile.

Ma questo lo sapevamo solo io e quelle pagine. Nessun altro aveva accesso alla verità, non condividevo nulla della mia vita con nessuno e questo mi faceva sentire al sicuro.

Nessuno a parte la nonna. E Costanza, da quando era entrata nella mia vita.

Loro sono le uniche persone con le quali i filtri non sono mai esistiti.

Nonna Ada si sarebbe accorta di una mia bugia anche a distanza e c'era qualcosa, nella sua assenza di giudizio, che mi faceva sentire giusta.

Non serviva mentire, né fingere di essere una brava persona, lei sapeva chi ero e non voleva che io fossi nessun altro.

Ci ho messo anni a capire che quel rispetto dell'identità di ciascuno, che lei faceva sembrare la cosa più semplice del mondo, era la definizione che cercavo di amore.

Richiudo il diario. Sulla copertina c'è la foto di una serratura con una chiave al suo interno.

Subito sotto, la scritta "Entra".

Lo faccio. Come se stessi violando qualcosa, di fronte a mia figlia e alla mia migliore amica, come se di nascosto e di fretta volessi riappropriarmi di quel passato così mio, così vivo, così pieno di vita, così diverso da ora.

Entro. Chiedendo permesso.

È così che mi hanno insegnato.

19 dicembre 2004

Sono le 00.07 di una domenica di Natale e sta per nascere la figlia di mia zia, Malvina.

Costanza è appena uscita, abbiamo mangiato una pizza e programmato il nostro viaggio in Indonesia. Mi piace l'idea di partire con lei, ne ho bisogno. Lei c'è sempre, mi capisce. Forse perché pensa troppo, come me.

Siamo donne, rassegniamoci, mi dice sempre.

Ho un nuovo taglio di capelli, mi piaccio, quindi va bene così. La frangia mi rende particolare. Ho comprato una bellissima collana e mio padre dice che sarò un grande medico. Pur di non vedermi fare altro, direbbe qualsiasi cosa. Ho mangiato troppo questo weekend, ma è Natale e io ho bisogno di festeggiare qualcosa. La partenza, il viaggio, qualcuno da dimenticare.

Mi sei mancato ieri notte, non so perché.

Non credo ci sia un motivo preciso quando sento la tua mancanza. È così e basta.

Pensavo di essermi abituata all'idea di non averti tutto per me, pensavo che sapendolo da sempre, come dici tu, mi sarebbe andato bene tutto. Anche il dividerti con un'altra città, con un'altra persona.

E invece no, mi manca il non vederti, il non condividere spazi, abitudini, pezzi di vita.

O forse è solo l'idea di non vederti così spesso.

Forse è solo una piccola voglia di sentire la tua voce o forse è solo perché sei tu e tutta quella storia dell'essermi innamorata, sai.

Ma che ne sai.

È tardi, l'Indonesia mi aspetta.

1° marzo 2005

Non ricordo quando sei stato qui l'ultima volta.

Ricordo bene l'imbarazzo iniziale e le parole forzate per colmare il silenzio. E ricordo di aver provato qualcosa di forte nel sentirti dentro di me, quella sera di qualche settimana fa.

Ti sono mancata? Dimmelo.

Ho bisogno di sentirmelo dire da te, perché non ti credo.

Perché so di non mancarti. Perché in tutto questo tempo ho imparato ad accettare un desiderio univoco talmente forte da bastare per due. Perché, quando le persone ci sfuggono, ci raccontiamo qualunque cosa pur di riafferrarle.

Anche solo per una notte.

Anche solo per una grappa.

Anche solo per una cena.

Ci sono stati momenti in cui ci ho creduto sul serio, che tu ci tenessi a me.

Io credo davvero che tu mi ami. Penso solo che il tuo amore si esaurisca lì dove comincia il mio, che è amore, sì, ma anche ossessione, malattia.

Mi manchi quando non ci sei.

Mi manca la tua risata che ancora oggi ogni tanto sento in mezzo alla gente e mi fa girare di scatto, i tuoi racconti sulle infinite giornate lavorative in tribunale, il tuo modo di fumare e di non staccarti mai dal BlackBerry, un tuo messaggio per chiedermi cosa combino, mi manca la vicinanza che ogni tanto abbiamo, quell'intimità che mi fa credere di essere l'unica, di esserci solo io, mi manca sapere che, se prima era una questione di desiderio, ora è una questione di possibilità, mi manca sapere, ogni volta che riparti, chissà che fine faccio io.

Mi mancano le tue mani sulle mie.

Mi manchi quando vedo sul comodino il vaso per casa nostra, mi manchi quando mi squilla il telefono e io spero sia sempre tu, mi manchi quando fumo una sigaretta da sola sul terrazzo, mi manchi la notte, quando vado a letto e immagino dove tu possa essere, mi manchi quando qualcuno ti nomina e io sorrido. Mi manchi ogni volta che non torni. Forse mi manchi da sempre.

E vorrei vederti e dirti che sto cucinando gli spaghetti che adori. E dirti che per settimane ho stressato Costanza convincendola che sei tu, e solo tu, per me, non mi sbaglio. E dirti che quella sera di dicembre, sì, quella sera, chi se la dimentica, lei mi ha detto che ero bellissima e che tu mi avresti chiesto di restare, per sempre.

Ma io le ho detto che no, tu non potevi.

E tu ti sei avvicinato e mi hai chiesto come mai avessi cambiato taglio di capelli.

E io ero felice, così.

E poi siamo andati in quel bar, perché io, a casa, non volevo farti salire.

Perché mi batteva il cuore.

E allora non era compagnia, quella notte.
Era l'inizio.

L'inizio di una lunga malattia.

10 giugno 2005

Di ritorno da una serata di confessioni con un amico. Una persona che in questo anno mi ha sempre fatto capire come il mondo sia fatto di diverse sfaccettature e di mille modi di vederle, come la vita sia ostinata nel non voler capire alle volte, come la sensibilità sia un dolore alle volte, ma pur sempre un dono, da coltivare.

Di ritorno da questa strana sera, quasi fosse un arrivederci, quasi fosse un preludio della mia futura assenza, mi ritrovo qui, a sincronizzare il mio iPhone e a pensare che stanotte, più di ieri e forse più di domani, ho voglia di fare l'amore con te.

E non è malattia questa.

È solo voglia di te e di nessun altro, ora.

Sono le due e domattina ti lascerò andare.

E tu sarai lì, a dirmi "ciao".

A guardarmi negli occhi e a provare ad abbracciarmi.

Come quella volta che sei uscito dalla porta di casa mia e mi hai detto che sentivi qualcosa allo stomaco nello stare nel mio mondo.

Ma che a te il mio mondo non apparteneva.

Se solo l'avessi sentito un po' più su quel qualcosa.
Se solo.
Se.
Solo.

6 ottobre 2005

I wonder if it's possible to have a love affair that lasts forever.

ANDY WARHOL

Ti ho pensato, oggi. È stato un attimo.

Stavo mettendo ordine sulla scrivania, in casa.

Stavo mettendo ordine nella posta ed è spuntata una tua mail.

Avevo cancellato tutti i nostri messaggi. Miei e tuoi, così, per non rileggerli. Per non ricordare.

Così, solo per fare un po' di pulizia nella testa e nel telefono. Ma questa mail era rimasta lì, da qualche parte e oggi ha deciso di uscire fuori.

E così mi è venuto in mente quel giorno in cui abbiamo fumato insieme e mi hai detto che avevi bevuto una bottiglia di Barolo buonissima. E subito dopo mi è venuta in mente quella cena, quando mi hanno promosso all'esame di Anatomia. E poi non so perché ho pensato a quando non ti sei presentato un mercoledì che dovevamo vederci, un mercoledì in cui ti saresti dovuto far perdonare.

E poi mi è venuto in mente un aperitivo imbarazzantissimo qui vicino, e poi ho pensato a quando ti ho scritto quel messaggio, ubriaca. Dopo aver ballato, dopo aver fatto l'amore. Di nascosto, come sempre. La prima volta in cui ti ho scritto una cosa d'istinto, senza pensare a chi fossi e alla situazione assurda che si era creata. Ti ho chiesto se era vero che ci fosse una lei. E me lo hai confermato. E ho pianto. E ti ho odiato e ho voluto fare l'amore con te.

E il giorno dopo ho avuto male allo stomaco, forte. Poi al cuore. Poi alla testa. Poi ho capito. Che mi ero affezionata a te. E al male allo stomaco.

Stasera ho scoperto che le cernie nascono femmine. Sì, nascono tutte femmine. Poi a metà della loro vita diventano maschi. Sono furbe, le cernie. I maschi sono tutti vecchi e stanno con femmine più giovani, ma non possono stare insieme per sempre per ovvi motivi. Comodo essere una cernia.

Voglio rinascere cernia e rincontrarti.

17 dicembre 2005

Ho i brividi, una coperta avvolta attorno, qualche dolce natalizio sul tavolo e ancora tre giorni di studio. Ho un vetro rotto e un sacco di regali sparsi per camera, un lampadario senza lampadine e un nuovo paio di calzini tutti colorati. Ho una nausea esagerata, un nuovo copriletto colorato in camera e un passaporto nuovo di zecca. Ho una montagna di piatti da lavare, un biscotto cioccolato e cannella in bocca e una candela profumata accesa accanto. Ho una fitta allo stomaco che difficilmente passerà domattina e un vuoto un po' più su, che chissà se mai finirà. Ho una lacrima ferma a bordo occhio, di quelle che basterebbe sbattere una sola volta le ciglia per farla scoppiare. Ho gli occhi lucidi, sensibili e trasparenti. Ho una grande forza interiore, un enorme rispetto per le persone e un cuore grande così. Sì, proprio così. Ho un sonno pari alla voglia di vederti e un sabato milanese ad attendere il mio risveglio.

Odio questa sensazione di mancanza. Lo sapevo fin dall'inizio che avevi una moglie, non ne avevi mai fatto segreto e io l'ho sempre accettato. Quante volte ne abbiamo parlato, quante ci abbiamo pianto, quante abbiamo urlato.

Quante volte ci siamo addormentati arrabbiati e ci siamo svegliati abbracciati.

Quante volte abbiamo comprato cose per una casa che non è mai esistita e quante altre abbiamo provato a essere razionali e a non sentirci più. Per il bene di tutti.

Ma chi ha mai deciso, Maurizio. Hai sempre fatto tutto tu.

Ho sentito cose poco belle in questo periodo e ho creduto a tutto e ho scelto di non sapere nulla. Perché non c'è peggior sordo di chi non voglia sentire. E non c'è peggior lama del sentir parole su di te.

E stasera non dovrei essere qui.

E tu non dovresti essere lì.

E quella sera a Roma io non dovevo essere lì.

E tu non dovevi essere lì.

Dove sei quando non sei con me.

6 gennaio 2006

Un po' mi dispiace lasciare questa vecchia casa. In fondo ha segnato un anno maturo, un anno diverso. Ogni mia casa ha visto una Adele diversa.

Dalla grande villa della nonna, in un piccolo paese. Quella casa piena di scale, che ho imparato a salire gradino per gradino, giorno dopo giorno.

E quel giardino così grande con così tante piante, gatti e lucertole da rincorrere.

Alla casa del centro di Milano. La casa dove sono cresciuta. Sono così affezionata a quelle mura da rimanere ferma lì, ogni volta che mi capita di passarci davanti. La casa per eccellenza, di quelle che lasciano i ricordi. Di quelle in cui è rimasto tutto così.

Vent'anni di persone, nonni, Natali e alberi da disfare, segreti, uscite notturne di nascosto, abbracci, pianti, litigi per una libertà da conquistare. E risate. Tante.

All'appartamento con Costanza, la mia metà. Con i suoi cinque piani senza ascensore e le sue mille serate distruttive.

Una casa piena di oggetti, quadri, mobili, foto, piante, ricordi che fanno male.

Un periodo vincolato solo alle emozioni estreme, alla voglia di crescere più velocemente degli altri, alla fretta di arrivare prima ovunque volessi arrivare. Al bisogno di dimostrare una diversità spontanea e al desiderio di stupire, sempre. Con i gesti, con le parole, con le urla e con i pianti. Al crollo e al bisogno di lasciarla, quella casa, quel periodo, quella vita, quella città.

Una vita da universitaria recuperata, compagni nuovi, un'amica con cui condividere la quotidianità e le diverse abitudini e un amore folle vissuto da una nuova prospettiva.

Quella che parte da dentro.

Quella che ti fa rivedere tutto un passato sbagliato e ti fa pensare per la prima volta che ti stai innamorando e che quella persona la vuoi rivedere oggi, domani e ogni giorno della tua vita.

La casa che sto lasciando rappresenta per me la maturità e la conseguente delusione verso la gente. Verso gli altri e non più verso me stessa. Rappresenta un egoismo meritato e un cuore un po' meno ingenuo. Un sorriso ancora più sentito perché non più rivolto a tutti. Ma a pochi. I soliti pochi eletti. Una selezione, appena all'inizio.

Fai parte di questa casa anche tu. Sei stato il primo e sarai l'ultimo a entrare in questo letto.

8 gennaio 2006

È l'ultima volta in questa vecchia e ormai spoglia casa in corso Italia. Costanza mi mancherà.

La febbre sta passando, e con lei anche la malinconia da ennesima separazione.

Una persona, giovedì, mi ha fatto piangere.

Mi ha detto che i cambiamenti fanno bene e di cambiamenti io ho bisogno, ora.

«Hai cambiato colore di capelli, stai cambiando casa, hai cambiato spazzolino. Hai cambiato spazzolino vero? È fondamentale, non dirmi che non l'hai fatto.»

Ho pianto. Mi sono emozionata per uno spazzolino.

È che io non l'ho cambiato, lo spazzolino.

Sarà per uno stronzo spazzolino che va tutto storto, ho pensato. E ho pianto.

Dicono che le donne siano più sensibili degli uomini.

Lo sono di sicuro quelle come me, donne in affitto, donne con le valigie, donne in trasloco perenne, se non di case, di vite.

Generalmente buone, un po' vittime e un po' ipocondriache. Ottimiste, sorridenti, tendono ad affezionarsi molto agli animali, quelli in giacca e cravatta, anche.

E così sono scappata in bagno per non farmi vedere piangere.

Mi sono sentita debole, per un attimo. Per uno spazzolino.

E mi è passato davanti un anno. E mi sono detta che basta così. Non è più tempo. E ho sorriso di me e di quante volte io mi ripeta la stessa frase e ancora cerchi di convincermi.

Gennaio è iniziato e con lui questo anno caotico che sa di persone che vanno e vengono, di confusione in testa, che sa di questa stupida casa che si crede una reggia ma che è poco più di un insieme di vecchi mobili. Sa di nuovi inizi e di nuovi spazzolini.

11 gennaio 2006

Finalmente il frigo pieno, una casa che splende di pulito, il rumore di una lavatrice funzionante, una pizza fatta da me, la televisione in sottofondo, una scatola piena di biscotti e un pacchetto di Philip Morris One. Chiamatemi pantofolaia ma serate come queste non hanno prezzo.

Ho rifiutato un aperitivo e una cena con un vecchio amico per godermi questa tranquillità divina.

Sola con tutto ciò di cui ho più voglia.

Mi sento bene in questa nuova casa. Mi ci vorrà un po' per affezionarmi.

Casa diversa, scale diverse…

Se ci penso, ne hanno viste di cose le scale dell'altra casa.

Hanno avuto la fortuna di vivere con me il periodo più bello, quello della specializzazione, quello delle mille persone a casa, quello degli amici a pranzo, a cena, il giorno, la notte.

Quelle scale hanno sentito l'odore della pasta alle cinque di notte, del fumo continuo, le urla di Costanza che entrava e usciva con gli amici, e la musica a tutto volume di prima mattina. Quel portone ha visto entrare una bambina e ha visto uscire una donna.

Quel balcone ha visto le lacrime di tutte le volte che ti guardavo allontanarti e tornare a Roma, quei maledetti lunedì che arrivavano troppo presto.

Quel letto, mio Dio.

Un giorno ce la compriamo questa casa.

Ce lo eravamo promessi.

Quante emozioni vitali hanno impregnato quei muri, quelle scale, quel letto, quella strada, questa città.

Le storie finiscono.

Ma queste sensazioni drogate non si dimenticano mai. E poi non mi sono allontanata da questo corso che tutti conoscono e amano e che io ho un motivo in più per amare.

Sarà per questo che sento già un po' mia questa casa.

È una bellissima serata.

Sorrido. Chiudo il diario. Mi sento una stretta allo stomaco seguita da immagini nitide. Sembrano fotografie, nella mia mente.

Tu.

Costanza.

Gli addii. I ritorni.

La casa di corso Italia.

Non c'era l'ascensore, non c'era parcheggio, non c'era l'aria condizionata.

Eppure c'eravamo noi e c'era tutto.

C'era odore di amatriciana che Cò adorava e preparava a ogni futuro fidanzato, regole sul frigorifero con divisione giornaliera dei lavori di casa e chiavi che chiudevano il nostro appartamento all'interno del quale vivevamo le nostre due vite.

In quelle camerette eravamo giovani adulte che iniziavano storie d'amore, studiavano per gli esami, preparavano colloqui. C'era tutto, in quegli anni, lì dentro.

Il mondo fuori non ci interessava perché finalmente ne avevamo uno tutto nostro, in cui essere tutto ciò che sognavamo.

Potevamo essere un giorno stanche lavoratrici, un giorno pazze discotecare, un giorno sorelle gemelle e un altro perfette sconosciute. Tutto cambiava, cresceva, crollava, ricresceva, sempre in quelle quattro mura divise da una porta di legno che faceva passare i rumori, ma non i segreti.

E poi c'era quella sala che ci sembrava così grande.

Non avevamo niente, eppure ci sentivamo invincibili.

Come siamo diventate così fragili, oggi, pur avendo tutto?

E c'era sempre gente, in quel salotto condiviso.

E c'era sempre da mangiare per tutti, anche se il frigo era spesso vuoto.

C'era sempre la pasta, il condimento eravamo noi.

Era tutto possibile, quando non avevamo voglia di darci delle regole.

E nessuno era chiamato a darcele, finalmente.

Era forse la libertà quella? Nessuno che ti dice cosa, come, perché. Nessuno che ti sentenzia il troppo sale nell'acqua della pasta, che ti ricorda i piatti da lavare, che ti giudica per una torta mal riuscita. Era la nostra piccola libertà, fatta di minuscole ribellioni ai nostri genitori e a come eravamo cresciute. E, in quella piccola casa, eravamo felici.

Io non so se me la ricordo quella Adele lì.

Non so neanche se voglio continuare a leggere queste pagine e a guardare *quella* storia.

La nuova casa.

E poi la notizia che dentro di me stava maturando un'altra vita.

Un nuovo addio, e non l'ennesimo a cui poi tanto sarebbe sempre seguito un ritorno, questo era l'addio definitivo.

No, non so se voglio continuare a guardare quella storia.

A volte penso di averla superata e sì, l'ho fatto, a modo mio. Ma fa male in mezzo al petto. Esistono addii non definitivi? Non questo. Si è cicatrizzata una crepa dentro di me che non voglio sfiorare, figuriamoci riaprire.

Adele che perde, Adele che resta, Adele che non viene scelta. Quante volte l'ho pensato. E invece no, non è più così.

Ho rimosso così tante cose che mi fanno male queste pagine senza odore, se non quello del passato.

Il diario è senza polvere, lei invece ne è ricoperta fino a farla scomparire.

Lo chiudo, lo riapro. Lo sfoglio e salto pagine, capitoli, giorni, ricordi.

Se fosse così facile farlo.

Passare dal 2006 al 2008.

A quelle ultime pagine di questo diario che ho aggiunto quando, già da tempo, pensavo di averlo chiuso per sempre.

11 novembre 2008

Roma di notte è magicamente suggestiva.

Non capisco come sia possibile sentirsi a casa propria in una città che di te non ha visto nulla e nulla sa. Eppure cammino come se conoscessi le strade.

"Dimmi cos'è che ci fa sentire amici anche se non ci conosciamo", mi scoccia dirlo ma aveva ragione Venditti.

Il mio iPod che mi accompagna e gli occhi lucidi di ricordi.

Questa città è ricordo anche quando tu non ci sei mai stata, perché vorresti esserci stata. Con qualcuno.

E se non lo hai fatto, lo immagini.

Qualche scatto rubato a un libro di fotografie, qualche frame di un vecchio film, una passeggiata a San Pietro, un giretto tra le bancarelle natalizie di piazza Navona, una sigaretta affacciata sul ponte di Castel Sant'Angelo, un bicchiere di vino in Campo de' Fiori, il tassista che mi indica il Colosseo e mi chiede di dove sono.

Quello che mi colpisce ogni volta è la semplicità profonda della gente comune, quella che incontri girando per i vicoletti del centro come solo un turista può fare, chiedendo una via, chiacchierando con il proprietario del piccolo ristorantino romano che nessuno conosce se non i veri romani, quello non contagiato dalle mode del momento, quello senza alcun tipo di menu e di cameriere perché è un unico uomo a fare tutto ed è anche quello che ti spiegherà i piatti.

Cacio e pepe, signorì?

E così l'oste mi racconta di quanto sia cambiata Roma negli ultimi anni, di troppo pochi veri romani ormai rimasti in città, e quei pochi ormai troppo stanchi di portare avanti tradizioni e abitudini.

C'è una tristezza di fondo in questi occhi di uomo che dovrebbe limitarsi a elencarmi i piatti del giorno ma che non ce la fa a non svuotare le sue deluse emozioni con una sconosciuta come me, una persona di passaggio che forse dimenticherà tutto una volta uscita dal locale.

Mi sembra di leggere nei suoi occhi le discussioni della domenica mattina nei bar del centro di Milano, tra anziani signori che tra un giro di briscola e un caffè corretto si lamentano dei giorni d'oggi governati troppo male e ricordano i momenti in cui lottavano per qualcosa di migliore pur vivendo in condizioni peggiori.

Si stava meglio quando si stava peggio.

Sono gli occhi del passato, quelli che le bambine come me si sono limitate a leggere sui libri di scuola nelle ultime pagine, sempre troppo poche per poter capire, sempre le ultime eppure le più importanti.

Sarebbe bello che ognuno di noi avesse un testimone di vita vera a raccontarci tutto questo, un nonno che con gli stessi occhi lucidi ci coinvolgesse in guerre appassionanti e atroci, in carestie inaffrontabili, in morti laceranti e in patriottismi e sensi del dovere esaltanti.

Come in un appassionante film, sarebbe doveroso rivivere tutto dai loro sguardi contagiati di ricordi.

Solo allora potremmo capire quanto quelle poche pagine avevano da dire. Un tributo alla vita, all'esperienza e al personale e unico nonno che tutti ricordiamo.

Roma è una città che lascia il segno.

Lascia inevitabilmente qualcosa dentro, che sia un'immagine, una fototessera scattata in stazione prima della partenza, un panino sui gradini di piazza di Spagna o un viaggio in autobus infinito per raggiungere il concerto di Renato all'Olimpico.

Ecco, l'Olimpico la sera del concerto di Renato Zero è la più completa rappresentazione di ciò che è questa città.

Un enorme contenitore di gente di ogni età, stretta stretta attorno a un palcoscenico commosso dall'accento che li ha cresciuti, gente orgogliosa di se stessa al punto da invitare alla romanità, per niente stanchi di gridare i migliori anni della loro vita, perché vissuti lì, in una grande famiglia.

Oreste.

Credo che si chiami così il mio personale autista romano, l'ho sentito chiamare al cellulare dalla moglie. Suppongo.

Voleva sapere a che ora sarebbe tornato e se avrebbero cenato insieme, almeno stasera.

Lui ha risposto che avrebbe fatto il possibile.

Chissà come deve essere tornare a casa da una persona che ti aspetta.

Riesco a fare il paragone solo con i miei genitori.

Sono loro che mi aspettavano per cena.

Be', forse alla fine è solo una questione di famiglia.

Oreste, portami a vedere la Fontana di Trevi.
Ho un desiderio.
No, non posso dirlo.
«Signorì, la sa una cosa? Qui a Roma tutto s'avvera e tutti si innamorano.»
E qualcuno si lascia, Oreste.

A quante stelle cadenti, candeline sulla torta e fontane di Trevi si chiede aiuto, in una vita?

Lasciami qui.
Ho voglia di passeggiare.
E cammino sola con il mio iPod in compagnia dei miei fantasmi.
Loro non mi abbandonano mai.

Io a Roma ci sono già stata.
Maurizio è la mia Roma.
È qui che ci siamo incontrati.
Lui venuto qui per lavoro, io per divertirmi, e poi per amore.
Fingevo fosse casa nostra. Compravo i fiori, sistemavo la tavola e cucinavo come se stessi aspettando il mio fidanzato tornare dal lavoro.

Io Roma un po' la odio, perché mi ha portato via un pezzo di cuore. E se l'è tenuto nascosto lì, vicino piazza Navona, in uno di quei piccoli vicoletti pedonali tutti uguali in cui anche un romano riesce a perdersi.
Via del Leuto mi sembrava si chiamasse.
So dov'è ma non vado a riprenderlo.
È solo un pezzo di cuore, posso farne a meno.
Devo farne a meno perché lui resta lì, qualunque cosa succeda.

Spetta a quel bilocale, a quel vicoletto, a quella città. È lì che deve stare, perché ogni volta che io torno, lo risenta come se non mi fossi mai allontanata e provi sempre quell'emozione che solo Roma mi dà.

Ma alla fine nessuno ti porta via nulla.
Chi se ne va, ha scelto di farlo.
Chi se ne va, che male fa.

Senza perdere tempo, senza pensare, cammino.
Alla fine di tutti, almeno meriti questi ricordi.

Me li faccio bastare. Ma non basteranno mai.

Roma.

Quante volte ci sono tornata, dopo quel giorno? Il giorno in cui avevo finalmente preso coraggio e, da sola senza Mia, ci avevo di nuovo messo piede. Infinite.

Eppure non credo di essere mai più passata da quel vicoletto stretto e da quel bilocale.

All'inizio evitavo anche la zona, poi, con Mia, avevamo preso l'abitudine di andare a Roma almeno due volte all'anno per mangiare tutti i piatti tipici che adoravamo.

Partivamo il sabato e tornavamo il lunedì, cercavo di prendermi sempre la mattina libera dal lavoro, così ci godevamo ben due cene e diverse passeggiatine per la città eterna.

I suoi primi carciofi li ha assaggiati in una trattoria un po' turistica, ma era tardi e avevamo camminato per ore e così ci eravamo fermate proprio come due straniere in quel piccolo ristorantino con i tavolini all'aperto. Faceva freddo, abbiamo scelto di mangiare dentro con i piedi che ci facevano male e la fame che ci faceva brontolare lo stomaco.

Gricia, per me, pasta in bianco, per lei, e carciofi, da condividere.

Lei, tre anni, e io, trentuno.

I suoi primi carciofi e la mia prima volta, in quella città, senza alcuna voglia di ripercorrere il passato.

Lo avevo lasciato in un cassetto ormai chiuso e la mia vita, ora, si chiamava Mia.

Mia, di nessun altro.

C'era stato un momento in cui, in quegli anni, avevo anche preso in considerazione l'idea di trasferirmi, di cambiare vita e di ricominciare in quella città nuova che di me, alla fine, poco sapeva.

Ma non ce l'avevo fatta. Il mio legame con la nonna era forte, il mio amore per la campagna totalizzante, Roma sarebbe stata un piano B fallimentare.

A chi mi diceva che il mare a mezz'ora di distanza avrebbe fatto bene a me e a Mia, rispondevo che evidentemente non conosceva il potere degli alberi, della campagna, delle distese verdi che illuminano gli occhi.

Sarebbe stato quello il vero, grande, progetto della vita.

A pochi chilometri da casa, eppure con un coraggio richiesto che ancora non faceva parte di me.

Bisognava essere pronti al cambiamento e io, pronta, non lo ero mai stata.

Mia è seduta per terra con le gambe incrociate, ha i jeans chiari e i calzini colorati che si stanno riempiendo di polvere. Si è tolta le scarpe perché è così che le ha insegnato la nonna, quando si entra in casa.

Lasciare fuori quello che non serve.

Uno dei suoi grandi insegnamenti.

«Questo libro puzza di antiquariato.»

Se può lamentarsi, lo fa. E ho imparato che è inutile risponderle, la conversazione non finirebbe mai e alla fine avrebbe sempre ragione lei. La scorsa settimana mi ha detto che, se risponde male e in modo aggressivo, è perché evidentemente io non l'ho saputa educare. Colpa mia, sempre e comunque.

Nonostante l'odore, li tiene in mano quei libri di medicina, e li sistema negli scatoloni con una cura che raramente ha, nei confronti delle mie cose.

È una diciassettenne arrabbiata, come tante. Annoiata, infastidita dalle regole, a volte.

Ma la guardo incantata, ora.

Non sembra lei, con quella posa delicata delle mani e le gambe accavallate, con quel ciuffo di capelli che le cade sopra al naso e forma quasi un sorriso.

Quando era piccola le dicevo sempre che quel nasino lì non poteva essere vero. Era troppo perfetto, sembrava disegnato.

E ora non sembra lei, con quel libro di anatomia sottolineato da me quasi venticinque anni fa e quello sguardo attento e curioso nei confronti di qualcosa che, in fondo, le appartiene.

Pare stia cercando qualcosa.

Sta cercando la sua storia, mi direbbe la nonna.

E avrebbe ragione, come sempre.

«Ragazze, provo a togliere un po' di polvere?»

«Grazie, Cò, ma magari lo facciamo domani, ora è tardissimo. Vogliamo andare a casa e domani torniamo qui?»

«Io resto, mamma.»

«Mia, è stata una giornata infinita, torniamo domani, dài.»

«No, mà, a casa non ci vengo. Non ho niente da fare, preferisco restare qui.»

«Ma è davvero tardi!»

«Non ho sonno, voglio solo restare e guardare un po' le tue cose.»

«Falla restare, Adele. E resta anche tu, fidati. Io domattina vengo a prendervi a casa con le brioche, che ne dite?»

«Crema pasticcera e mandorle per me, grazie zia.»

«Avete fatto tutto voi, va bene. Allora restiamo. Ciao, Cò, a domani.»

«A te porto la solita girella con le uvette, ciao bambine, fate le brave.»

Costanza è così. Non serve dirle niente, lei esce di scena con delicatezza e rispetto. Ha cura di me e di Mia e, conoscendola, aspetta da tempo il momento in cui io e mia figlia avremmo parlato.

Ci ha lasciate sole con la nostra storia. Ora tocca a noi.

«Non si capisce niente di questi libri di medicina, non so come hai fatto.»

«Ah, l'ho fatto per il nonno.»

«Io non farei mai Medicina per te, mamma.»

«Non te lo chiederei mai, Mia.»

«Forse farò Psicologia.»

«Psicologia? Ma non avevi detto che provavi all'Accademia?»

«Boh, ho cambiato idea. Non so neanche se voglio laurearmi, ho un sacco di idee su cose da fare senza laurea.»

«Poi ne parliamo, hai ancora un anno di liceo. In ogni caso non è quel pezzo di carta che ti cambia la vita, i nonni ti diranno il contrario, ma per me è così.»

Il giorno della mia laurea in Medicina, mio padre Attilio non c'era.

Non ha fatto in tempo ad arrivare.

Festeggiamo al mio rientro.

Cento su centodieci. Mi è anche andata bene, considerata la tesi di laurea sull'insufficienza respiratoria acuta e sul mio approccio psicosomatico, quasi olistico.

Un affronto al mio professore, al correlatore e a mio padre, probabilmente.

Che mi voleva cardiochirurga, mica medico di base.

Ogni volta che doveva spiegare il mio lavoro, lo faceva con un senso di vergogna misto a incomprensione e a sbigottimento.

Che poi non c'era nulla di incompreso. Semplicemente lui vedeva un cardiochirurgo dove non c'era.

E io vedevo più in là.

Molto più in là.

Mio padre era un uomo rigido, circondato da donne morbide.

Il suo peso specifico condizionava la vita dell'intera famiglia.

Era difficile capirci, a volte, ma c'era un'educazione nelle nostre vite che ci permetteva una strana armonia. Mia madre aveva da sempre cercato, trovato e quindi scelto una vita comoda, e fin dal giorno della mia nascita era quella la strada che mi suggeriva.

Non c'è bisogno di scalpitare, Adele, né di arrivare chissà dove.

La felicità, per lei, era lì ed era facile. Nulla per cui combattere, nulla per cui lottare.

Non era una che si accontentava, ma era una che cercava la strada più breve.

Il fidanzato del liceo di buona famiglia, il corso di laurea già scelto, la casa a poche centinaia di metri dalla loro.

Era tutto così facile, ai suoi occhi, ma non ai miei. Vivevo tormentata da quella tranquillità che spesso si trasformava in noia ma allo stesso tempo mi proteggeva dal mondo che non conoscevo e che non sapevo come fare a conoscere.

La medicina era stata un dovere fin dal primo giorno,

che avevo rispettato e portato a termine come si confà a una brava bambina.

A quest'età è normale odiare quello che fai, mi dicevano i miei genitori. Ti piacerà. E poi avrai il nome di tuo padre a farti da scudo quando qualcuno avrà qualcosa da dirti.

"Sei la figlia di un grande medico" ripeteva sempre mia madre Rita.

"Tuo padre è un grande medico, lui ha fatto la sua scelta. Tu fai la tua" mi diceva la nonna Ada.

Erano due donne molte diverse, la mamma e la nonna.

Papà mi raccontava che, quando decise di fidanzarsi con la mamma e la portò a casa la prima volta, suo padre gli diede immediatamente il benestare, mentre Ada no.

Ma non fu un parere negativo, il suo, semplicemente non era una a cui bastava uno sguardo, lei doveva andare in profondità per capire se quella era la donna giusta per suo figlio.

E così la invitò a casa quasi ogni giorno, anche quando Attilio era impegnato in ospedale, e con la scusa di insegnarle una ricetta o di prendere un tè insieme, andava lì dove il marito non si era spinto a fare.

E quando capì che l'amore era forte e reciproco, allora si fece da parte.

Come devono fare le madri, diceva lei.

«Mamma, tu odi il tuo lavoro, non capisco perché non gli hai detto di no. Perché non ti sei mai ribellata ai tuoi genitori?»

«Erano altri tempi, Mia. Io non mi permettevo neanche di parlare così, ai miei genitori. I genitori erano i genitori, si portava rispetto e chi decideva erano loro. Ma sai bene che io non la penso così, sono stata molto diversa con te.»

«Dovevi farti perdonare qualcosa.»

«Scusa?»

«Niente, scherzavo.»

«No, cosa avresti voluto dire?»

«Ma niente, era una cosa così per dire.»

«Per dire cosa? Non credo di dovermi far perdonare nulla, sai? È una vita che mi dedico a te e non credo di averti mai fatto mancare niente.»

«Sì, mamma, hai ragione tu. Come sempre.»

«Mia, non mi provocare, che non è serata.»

«Ma chi ti provoca, ho fatto una battuta, ma tu non le capisci.»

«Una battuta del cazzo, Mia!»

«Sai perché ti scaldi tanto, mamma? Perché forse ho toccato un fondo di verità.»

«Allora parla, visto che pensi di sapere sempre tutto a diciassette anni.»

«Dico solo che forse sei stata meno severa con me perché la situazione era diversa.»

«Diversa.»

«Diversa, mamma.»

«Sicuramente era diversa, Mia. Tu non hai idea di quanto duri siano stati i tuoi nonni, di quante regole io abbia subito e rispettato, di quanto difficile sia stato essere come loro volevano. Tu oggi li vedi così, anziani e ammorbiditi dagli anni, ma non puoi immaginare la fatica. Una fatica che tu non puoi conoscere.»

«Allora devo ringraziarti, questo mi stai dicendo.»

«La smetti di provocare? La smetti, Mia? Faccio tutto da sola da sempre, non ho mai chiesto nulla a nessuno, mi spacco la schiena per non farti mancare niente e tu mi parli così? Come ti permetti?»

«Ma ti ho chiesto io di fare tutto da sola? Te l'ho chiesto io? Cosa vuoi da me, mamma? Sei tu che sei sempre stata sola, non l'ho scelto io!»

«Non l'ho scelto neanch'io.»

«Allora chi? Parlami, santo cielo, mamma. Ho diciassette anni e raccolgo pezzi da chiunque pur di ricostruire la mia storia.»

«Non mi hai mai chiesto di raccontartela.»

«Aspettavo lo facessi tu. Sei tu l'adulta, anche se te lo dimentichi un sacco di volte.»

«Hai ragione, sono una madre di merda.»

«Non l'ho mai detto e non iniziare a fare la vittima, dài. Ti ho solo chiesto di raccontarmi la tua, di storia.»

«Va bene, Mia. Lo faccio. Ho aspettato troppo. Ora siamo qui, cosa vuoi sapere?»

«Chi era mio padre.»

«Puoi parlare al presente, è vivo.»

«Lo so.»

«Lo sai?»

«Lo so.»

«Te l'ha detto la nonna?»

«Anche.»

«Chi altro, scusa?»

«Non ti incazzare, però.»

«I nonni non possono essere stati, figurati.»

«Mamma, ti ricordi le poltrone?»

«Non ti seguo.»

«Quelle del testamento.»

«Ah, sì, certo, le poltrone del salotto che la nonna ha lasciato a te. Ma cosa c'entra?»

«Due anni fa.»

«Cosa?»

«La nonna mi ha inoltrato un messaggio di Maurizio. Voleva conoscermi.»

«Che stai dicendo, Mia? Maurizio chi?»

«Sì, mamma. Mi dispiace non avertelo detto prima ma l'avevo promesso alla nonna.»

«Io non so di cosa tu stia parlando.»

«È stata lei a darmi il suo numero, due anni fa. Era malato, so che lo sai. E aveva paura di non farcela, allora ha chiamato la nonna per chiederle di me. Io ero in piena crescita, arrabbiata con te e con tutti, ma allo stesso tempo ero curiosa, mamma. E avevo paura. Però volevo vedere che faccia aveva. E lui credo che volesse parlarmi, credo che volesse sapere come stavo e che faccia avevo anch'io.»

«Non è possibile.»

«È stata la nonna a proporgli di vederci, con lei presente. Lui veniva dalla Svizzera due volte al mese e io ero lì, ad aspettarlo, nella casa in campagna. Su quelle poltrone verdi, in quel salotto che tu conosci bene. È lì che ho conosciuto papà, mamma.»

C'è una cosa che mi succede quando il cuore non regge.

Mi viene da piangere e allo stesso tempo sento freddo, mi salgono i brividi in tutto il corpo e ho l'esatta sensazione di quando scende la temperatura in casa.

Era arrivato l'inverno, in un istante.

"Papà", "mamma" erano due parole che non avevo mai sentito, così vicine, uscire dalla sua bocca.

Lei non aveva mai usato quella parola per rivolgersi a un padre, ero stata io il suo tutto, ero stata io suo padre, ero stata io sua madre. Ero stata io a tenerla nove mesi nel mio stesso corpo ed ero stata io a gettarla fuori, nel mondo, dove le sue urla si mescolavano alle mie. Ero io e solo io che conoscevo ogni angolo del viso e del suo corpo, ogni suo capello ribelle, ogni smorfia della bocca.

Era sulla mia spalla che rigurgitava il latte di troppo ogni volta che la allattavo, e solo io conoscevo quel piccolo neo sotto al piede che accarezzavo prima di dormire e lei rideva.

Chi era quell'uomo che io mai più avevo visto né sentito e che mi era passato sopra una seconda volta senza chiedere?

«Mamma, dimmi qualcosa, per favore.»

«Chi lo sapeva?»

«Solo nonna Ada.»

«Cazzo, Mia. Cazzo. Me lo avete tenuto nascosto. Da te me lo potevo anche aspettare, ma che la nonna organizzasse tutto questo alle mie spalle e poi me lo tenesse nascosto, non ci posso credere. Anche l'ultimo giorno prima di morire non ha detto nulla. Mi ha parlato della campagna, dell'estratto di pomodoro, ma non mi ha detto la cosa più importante.»

«Non me lo avresti permesso, mamma.»

«E tu che ne sai? Cosa ne sapete voi di me, sentiamo? Sei mia figlia, Mia, io ti ho cresciuto, lui non sa, e non ha mai saputo, nulla di te. Avrebbe chiesto, se gli fosse interessato.»

«L'ha fatto, mamma. Tardi, ma l'ha fatto.»

«Certo, diamogli un attestato al merito allora.»

«Mamma, lui avrebbe voluto vederti, ma non ne aveva il coraggio. Si vergognava tremendamente di tutto, sapeva che lo avresti respinto, sapeva che eri ancora arrabbiata, sapeva che non ti eri mai più rifatta una vita, a differenza sua.»

«Non ne avevo bisogno, Mia. La mia vita eri tu e sei stata sempre tu.»

«Lo so, mamma. Me lo dici da diciassette anni!»

«Va bene, non te lo dirò più se è questo che vuoi, Mia. Sono arrabbiata con te, potevi dirmelo. Te lo avrei raccontato io chi era e com'era.»

«E invece hai sempre preferito non parlarne, è come se avessi sempre evitato.»

«Ora capisco perché.»

«Mamma, possibile che tu non capisca? Non sei tu, sono io. Io volevo conoscerlo, io volevo vederlo, io volevo abbracciarlo, io volevo chiedere a lui perché. Mi mancava un pezzo, mamma, mi mancava un pezzo. Esisti sempre e solo tu, sempre e solo il tuo dolore. Non sei mai felice e non sai un sacco di cose di me, perché vivi per me ma non mi senti, mamma. Non mi ascolti. A volte neanche mi vedi.»

«Ma cosa stai dicendo, Mia? Sei impazzita forse? La mia vita intera l'ho dedicata a te, tutto quello che faccio è per te, come ti permetti?!»

«Se mi avessi guardato meglio, mamma, avresti visto che mi mancava un pezzo.»

Che cosa sta dicendo.

Ero io quella a cui mancava un pezzo.

Ero io la figlia monca, la madre sola, la ragazza madre.

Ero io.

Ma in quel momento invece era lei, quella a cui mancava un pezzo.

Era lei.

Lei che era stata la mia vita, tutte le mie giornate, i miei respiri, i miei abbracci, il mio dono di Dio.

Non mi ero mai accorta che io non bastavo?

Cosa non bastava? L'amore? Impossibile.

L'affetto? Impossibile.

Le attenzioni? La protezione? Ce l'avevo messa tutta per diventare il suo supereroe preferito, non potevo aver fallito.

Lei così bella, così adulta, responsabile, sicura delle sue idee, entusiasta della nostra vita, da non essermi mai accorta che quella completezza nascondeva un buco che mascherava perfettamente, da anni.

Non l'ha mai conosciuto, non può mancarle.

Quante volte lo avevamo detto, io e Cò.

Tu sei bravissima, Adele. Fai tutto per lei, hai rinunciato a tutto per lei. Non le può mancare nulla.

E invece a lei mancava qualcosa. E io probabilmente avevo sbagliato tutto. E avevo di fronte a me una diciassettenne che mi stava dicendo che il nostro, di amore, non era bastato.

Il dolore non ha forma, eppure può tutto.

Gli scatoloni che mi circondano sono spettatori muti di queste lacrime piene di ricordi, i miei, e di mancanze, quelle di mia figlia.

La nonna sapeva, questo mi tormenta. Si è addormentata per sempre con le mani nelle mie, senza dire niente. Sorridendo, sapeva.

Lei che mi diceva che un giorno Mia mi avrebbe chiesto della sua storia e che io avrei dovuto aspettare il momento giusto per parlarle.

Lei che l'aveva tenuta in braccio per prima e sapeva quanto dolore portassi io dentro in quell'anonimo ospedale.

Lei che le aveva insegnato a tagliare la pasta frolla a forma di cuore perché mi facesse trovare in dono i biscotti zuccherosi quando tornavo stanca dal lavoro.

E poi questa immagine di Mia e Maurizio insieme, che chiudevo gli occhi per dimenticare, ma che sarebbe rimasta viva nel mio cuore per sempre.

Insieme, *quei due*, non riuscivo a immaginarli.

Ci avevo provato i primi anni, quando la accompagnavo all'asilo e vedevo quei papà abbracciare i loro piccoli, inginocchiarsi per cambiar loro le scarpe, controllare lo zainetto e prendere la giacca nell'armadietto con la propria foto. Ogni tanto mi incantavo a guardarli. Mi chiedevo come fosse tornare a casa dal lavoro e trovare il proprio figlio con il papà a giocare, a guardare la tv o a preparare la cena. Ma non c'era tempo per la nostalgia.

Io e Mia eravamo sole, quella era la nostra storia.

Ed era bellissima così.

Viaggiavamo spesso per le città italiane, facevamo le turiste a Venezia sulla gondola, a Firenze tra le stradine dietro Ponte Vecchio, a Roma, a Siena, a Trieste. Eravamo state dappertutto già nei suoi primi sei anni di vita. E poi avevamo le nostre abitudini che non si toccavano, il pranzo domenicale dai miei genitori e le fughe infrasettimanali dalla nonna Ada in campagna. Quanto mi piaceva prendermi un giorno di ferie, buttare due cose in una borsa e partire con Mia per raggiungere la nonna.

Fingevamo che quell'ora di macchina fosse sempre un viaggio all'avventura con chissà quali pericoli sul tragitto. Ogni cosa diventava imprevisto e scusa per ridere insieme.

Erano stati anni di cose belle per entrambe, di affetto ricevuto e di nuova vita della nostra piccola famiglia.

E ora siamo qui, due donne segnate in volto da qualcosa di inevitabile, da un dolore reciproco sommerso che sarebbe esploso, prima o poi.

Siamo una madre e una figlia, ma siamo soprattutto due donne che hanno conosciuto lo stesso uomo in tempi diversi, che si sono nascoste segreti per anni e che hanno bisogno di guardarsi negli occhi come forse non hanno fatto mai.

Ci siamo abbracciate in mezzo agli scatoloni come due sopravvissute nel mondo.

Ci siamo abbracciate in mezzo agli scatoloni e a me è venuta in mente quella volta in Sardegna, quando pensavo che con un abbraccio non saresti più scappata via.

Nell'estate dei suoi quattro anni, il giorno stesso della fine della scuola materna, partimmo per una vacanza con altre mamme e compagne di Mia.

Non era un viaggio di quelli organizzati all'ultimo, anzi ci eravamo trovate più volte per predisporre nel dettaglio ogni minimo spostamento e trovare insieme le soluzioni più adatte ai bimbi. Si cercava qualcosa che facesse divertire loro e nel contempo rilassare noi, il mare bello, la spiaggia senza ostacoli, insomma le solite cose da genitori con bambini non ancora autonomi.

Scegliemmo il Sud della Sardegna, la provincia di Cagliari la conoscevo fin da quando ci andavo da bambina con i nonni materni.

Loro prendevano per tutta l'estate una piccola casetta vicino Villasimius e, nonostante non fosse sul mare, la stessa "aria di mare" sembrava facesse miracoli sul mio sistema immunitario.

Il nonno Antonio diceva sempre "finché puoi, prendi tutta l'aria di mare che c'è", come fosse la miglior medicina. Dal sole, invece, dovevo stare lontana perché con la mia carnagione chiara rischiavo bruciature e scottature in ogni lembo di pelle non perfettamente coperto da una protezione totale.

Il resort che avevamo prenotato non era così distante da quella casetta.

Chissà chi ci andava ora, ora che i nonni non c'erano più.

Ci avevano dato tre camere attigue, proprio a un passo dalla piscina e a due passi dalla spiaggia.

Il buffet della colazione era interminabile e quello della cena altrettanto ricco di angoli dedicati totalmente ai bambini, tutto era perfetto, sintomo che quando tre mamme si mettono insieme per trovare il meglio, ce la fanno quasi sempre.

Il secondo giorno il sole era forte e c'era aria di scirocco. Mia e gli altri si stavano rincorrendo sulla spiaggia con dei bimbi che avevano conosciuto il giorno precedente.

Era caldo e c'era rumore di urla di bambini.

Era caldo e fu un attimo.

Leo, il figlio di una delle mie amiche, che corre da me e mi dice: «Dov'è Mia?», e io che rispondo che deve essere con voi, a correre, sulla spiaggia.

Ma Mia non c'è.

Mi guardo attorno, ogni sdraio, ogni ombrellone.

Mia non c'è.

Inizio a chiamare: «Mia, Mia, dove sei», e poi urlo e poi urlo ancora più forte affinché mi possa sentire chiunque.

Il bagnino mi raggiunge e fa un annuncio al microfono e tutti improvvisamente mi guardano, poi cercano con lo sguardo una bambina alta poco più di un metro con la pelle chiara e i capelli biondi.

Non sta succedendo a me.

Non io.

Mia, dove sei.

Io non la perdo mai di vista, io sono la sua ombra, l'ho vista correre con gli altri bimbi, chi può essersi avvicinato?

Dove sei, Mia?

Dove sei.

Dove sei.

Dove sei.

C'è vuoto ovunque. La spiaggia ovattata in un silenzio irreale, anche l'acqua del mare sembra aver placato le sue onde. Io la cerco dappertutto, guardo le facce della gente per cercare di capire come sia possibile che una bambina scompaia così, sotto ai loro occhi.

E a un certo punto sento vociferare: «L'hanno trovata?», «Sì, l'hanno trovata».

Perché lo dicono gli altri e io non so nulla. Urlo, mi accascio per terra sulle mie stesse ginocchia e lì arriva il bagnino con in braccio Mia che ride, e in un attimo è tutto nero.

Della mezz'ora a seguire non ricordo nulla se non quello che le altre mi raccontarono nei giorni successivi: il mio svenimento, Mia che era andata al bar dello stabilimento vicino all'hotel perché aveva visto i gelati e ne voleva prendere uno, io che per rianimarmi avevano chiamato addirittura il pronto soccorso di Cagliari.

Ancora oggi non so quanto sia durato quello strazio, quell'incubo senza di lei.

Non so quantificarne il tempo e neanche il dolore.

Saranno stati dieci minuti che sono durati giorni, ogni singolo istante, ogni frazione di secondo era una coltellata nel petto, sempre più forte, sempre più lancinante.

Come succede?

Quante volte me lo sono chiesta.

Quante colpe mi sono data e per quanto tempo.

Avevamo dormito abbracciate, quella notte e quelle a seguire, perché era l'unico modo che conoscevo per sentirla con me, lì, sempre, presente.

La abbracciavo stretta per non farla scappare.

Sapevo che prima o poi avrei dovuto allentare la presa, ma non ero ancora pronta.

Era la mia piccola Mia, gli altri non potevano capire.

La colazione è il mio momento preferito della giornata. Mi piace iniziarle le cose, non finirle.

Quando poi apro le portefinestre da cui si scorge in lontananza la cupola della chiesa ed entra la luce del sole, di taglio sulla cucina, allora so già che sarà una bella giornata.

È un bel mese, luglio.

La colazione io e Mia la facciamo sempre sulla piccola isola che abbiamo come tavolo, in cui c'è posto giusto per due tovagliette americane, due tazze, due piatti, una moka. Ho cercato per mesi una di quelle alzatine con la copertura di vetro, come si vede in quei negozi bellissimi o in quelle tavole curate nei minimi dettagli, ma non ne ho mai trovata una della dimensione giusta. O troppo piccola, per le torte che avrei voluto metterci dentro, o troppo grande per le dimensioni dell'isola.

La verità è che questa non sarebbe un'isola, ma un piano di grès da usare come appoggio in cucina, ma io ho sempre voluto darle un'altra connotazione.

Le isole per due non le fa nessuno, così ci ho pensato

io. E poi il posto per un tavolo vero e proprio non c'era e non mi andava di sacrificare parte del salotto.

Siamo in due, ci stiamo benissimo in questa casa per due.

«La zia Cò non doveva portarci le brioche?»

«Le ho detto di venire più tardi, preferivo stare ancora un po' insieme, solo io e te.»

«E cosa mangiamo?»

«C'è di tutto, Mia. Ci sono le fette biscottate, la marmellata della nonna, il pane, la crema al pistacchio, forse sono rimasti anche quei biscotti al cioccolato che ho fatto l'altro giorno.»

«Avevo voglia di brioche.»

«Ma com'è che non ti va mai bene niente? Vuoi che ti preparo qualcosa?»

«No no.»

«Il pane tostato con le uova?»

«Sì, ok.»

«Strapazzate?»

«Come le fai tu, con il latte.»

Mi piace sentirmi dire "come le fai tu", è la mia piccola gratificazione in momenti in cui mi sembra di non servire a nulla e a nessuno.

«Faccio la moka, vuoi anche un po' di caffè?»

«Sì. Senti, mamma, riguardo a ieri sera...»

«Sì, Mia, anch'io volevo parlarti di una cosa.»

«Dimmi.»

«No, dimmi tu.»

«Non so, mamma, è che ci siamo dette un sacco di cose così, di getto, tutte insieme. E io non vorrei che tu fossi incazzata con me e con la nonna, per quello che ha fatto.»

«Non lo sono, Mia. Stai tranquilla. Mi ci vorrà un po' per metabolizzare una cosa così forte, ma tu non c'entri, sicuramente però dalla nonna non me l'aspettavo.»

«Credo che lei lo abbia fatto solo per proteggermi.»

«Certo, non l'ha fatto con me, però. Comunque davvero, Mia, è meglio averne parlato ora, e per fortuna che ieri sera tu eri lì, con me, così si è creata l'occasione. Aveva ragione Costanza, avremmo dovuto parlarne molto tempo fa.»

«Non me la sentivo, mà.»

«Lo so, infatti non ho mai insistito, ma forse avrei fatto bene a farlo. Se hai sentito il bisogno di conoscerlo è anche perché non sapevi niente, Mia.»

«Non lo so, è andata così e in fondo nulla è cambiato. La nostra isola resta per due.»

«Ci servirà una zattera.»

«Per andare dove?»

«Era di questo che volevo parlarti.»

«Di che?»

«Sai che la nonna ci ha lasciato la casa in campagna.»

«Sì.»

«Ecco, stavo pensando, con calma, di sistemarla, di fare qualche piccola riparazione al tetto e magari di ridipingerla tutta.»

«Be', ci sta.»

«Sì, ma vorrei farlo per renderla più vivibile, Mia.»

«In che senso?»

«Potremmo passarci più tempo, soprattutto ora che la stagione è bella, e capire se ci troviamo bene a viverla nella quotidianità e...»

«Mamma, ma non conosciamo neanche il paese, saremo uscite tre volte dalla villa.»

«Lo so, appunto! Potremmo iniziare a conoscere il borgo, i negozi, andare in quell'alimentari a piedi, all'inizio magari chiedere a Ilde o a Vassile di darci una mano, e poi capire se ha senso trasferirsi a vivere lì.»

«Mamma, ma sei seria? Io ho diciassette anni, devo ancora finire il liceo. E poi ho qui tutti gli amici, ti pare che vado a vivere in un paese di cento abitanti?»

«Mia, è un'idea, non sto dicendo che dobbiamo andare lì domani, e poi ti pare che non lo sappia che hai ancora un anno di studio? Dopo avrai l'università, tutto andrebbe fatto con calma e prima di uno, due anni sarebbe impossibile andare via. Inoltre io ho il lavoro da sistemare, intanto tu però potresti finire il liceo e poi con calma pensarci.»

«Non avrai mica deciso di vendere casa nostra, vero?»

«Non ho alcuna intenzione di vendere questa casa, figurati. Vendo già lo studio agli architetti, quei soldi mi basteranno per sistemare la villa, così tu puoi prenderti tutto il tempo che ti serve per decidere.»

«Non lo so, mamma. Mi sembra una follia, così, su due piedi. Però ti capisco se tu vuoi andare.»

«Forse lo è, ma ci penso e ripenso da tempo, ne avevo parlato anche con la nonna Ada, sai? Io ho un legame con quella villa che non so spiegare neanche a mio padre. Lui ci è cresciuto da bambino, eppure ha sempre preferito la città. Non so neanche come la prenderà quando glielo dirò.»

«Neanche ora che è più anziano gli piace stare lì?»

«Macché, te li immagini lui e la nonna Rita senza la passeggiata in centro del weekend? Loro sono sempre stati innamorati della città.»

«Anch'io.»

«Anch'io, Mia. Soprattutto alla tua età, ma si cambia con il tempo o forse, semplicemente, ognuno ha i propri gusti e io non voglio obbligarti a diciott'anni a fare le mie scelte.»

«Ma quando lo dici ai nonni?»

«Domenica a pranzo.»

«E gli chiederai il permesso?»

«In che senso?»
«Come fai sempre.»
«Io non chiedo il permesso, Mia, ma rispetto i miei genitori.»
«No, mamma, tu chiedi il permesso sempre, a loro, ai pazienti, perfino a me che sono tua figlia.»
«Ma che stai dicendo?»
«Se io ti dico che non ci voglio venire in campagna, scommetti che neanche tu alla fine ci vai?»
«Ma che diavolo di frase è questa?»
«Lo sai che è vero, da sola in quella casa non ci vuoi stare, e alla fine starei anche in ansia a pensarti lì senza nessuno.»
«Intanto non sarei assolutamente sola, ci sono anche Ilde e Vassile, e poi se non hai voglia di venire nessuno ti chiede di farlo.»
«E magari invece vengo, chi lo sa, però potevi chiedermelo.»
«Te lo sto chiedendo.»
«No, me lo stai dicendo come qualcosa di già deciso.»
«Non ne faccio mai una giusta per te, Mia. Cos'è, non ho chiesto il permesso questa volta? Dopo quello che mi hai detto ieri, io non esagererei se fossi in te.»
«Oooh, stavo aspettando. Mi sembrava troppo bello che non mi avessi rinfacciato ancora nulla.»
«Mia, smettila.»
«No, smettila tu, mamma. Avresti fatto bene a farla venire, la zia Cò, almeno con lei non saremmo finite sempre a discutere! Me ne vado a fare un giro.»
«No, Mia, stai qui, dobbiamo ancora parlare, e poi non mi va di litigare.»
«Io non ho più voglia di parlare mamma, non ne posso più.»
«Ok, allora parlo io, tu però ascoltami e non provocarmi.»

«No, mamma, lasciami un po' in pace. Ho bisogno di aria.»

Si alza di scatto, sbatte la porta della cucina facendo tremare la tazza del caffè.

Il sole di luglio che entra dalla portafinestra illumina ora un piatto di uova strapazzate con il pane tostato, rimaste lì, a metà.

Come me.

La domenica mattina ci piace dormire, di solito.

Non oggi.

I miei ci aspettano per la lasagna e si prevede una giornata non facile.

La domenica è un'abitudine pranzare da loro, da quando Mia era piccola.

Ma questa non è una domenica come le altre.

La casa dei miei genitori dista qualche chilometro dalla nostra, è in un quartiere residenziale che alterna ville liberty a giardini bellissimi.

Non sembra Milano, dicono tutti, quasi fosse un complimento.

Hanno scelto di vivere non lontano dal centro ma con il verde della campagna.

«Hai detto alla nonna che non mangio la lasagna?»

«No.»

«Ottimo, fingerò come si fa da sempre in casa dei nonni.»

«Fai quello che vuoi.»

«Che noia.»

«Fattela passare, Mia.»

«Con te è impossibile.»

Io e Mia non eravamo mai state grandi chiacchierone, ma stamattina, in questa macchina, il silenzio è pesante come mai prima d'ora.

Siamo stanche, Mia ha ricominciato con quel tono provocatorio da adolescente viziata che non è, in più nessuna delle due ha chiuso occhio e i pensieri si accumulano uno sull'altro senza lasciare spazio alle parole. Se non a quelle sbagliate.

«Smettila di provocare.»

«Ma chi ti provoca, chi ti considera? Mi rimetto le cuffie e mi ascolto la musica.»

«No, te le togli quelle cazzo di cuffiette ora!»

«Stai calma, quanto ti agiti.»

«Io non ne posso più, Mia, di questi modi, di questo tono di sufficienza, di questa finta calma da finta adulta quando sei solo una ragazzina che deve imparare a stare al mondo! Ti ho permesso tutto e anche troppo, ma le mancanze di rispetto non me le merito!»

«Fai la madre allora, puniscimi, toglimi il telefono, non farmi uscire di casa.»

«Troppo facile, non è punirti che voglio. Voglio che tu cambi modi nei miei confronti.»

«Mamma, mollami, sono stanca. Non ho chiuso occhio.»

«Neanche io.»

«Ecco, allora potevamo starcene a casa invece che andare dai nonni.»

«Ci tengono ad averci con loro, e finché ci sono voglio che tu te li goda al massimo.»

«Ah, sai che godimento.»

«Non ti permettere.»

«Intendo che non facciamo niente se non mangiare e sentire la nonna sparlare dei vicini.»

«Un giorno ti mancheranno.»

«Ora non iniziamo con le cose tragiche.»

«Nessuna cosa tragica, è la verità.»

«Va bene, mamma. Sei incazzata con me per le cose che ti ho detto l'altra sera?»

«No, sono arrabbiata per i tuoi modi.»

«E per quello che ti ho detto.»

«A volte mi sembra di aver sbagliato tutto.»

«Ah, grazie.»

«Lascia stare, Mia, oggi meglio che non parliamo a quanto pare.»

«Dàiii, non essere pesante, mamma. Solo che oggi non ne avevo voglia di andare dai nonni, tutto qui.»

«Stiamo poco, ok?»

«Ok.»

Siamo arrabbiate, esauste e con nessuna voglia di andare dai miei genitori.

Ma qualche ora possiamo reggere.

Ci avevo retto una vita, fingendo. Non sarebbe stato un problema farlo per un pranzo.

Per Mia è diverso.

Lei detesta quella finzione, non ci è cresciuta.

E quelle domeniche non le hanno insegnato a recitare la giusta parte.

Nonno Attilio e nonna Rita ci aspettano con la tavola imbandita di ogni prelibatezza, la lasagna in forno, gli antipasti misti, la crostata di frutta rigorosamente presa alla pasticceria Alciati all'angolo e quel sorriso impeccabile di quando si accoglie qualcuno in casa.

"Sai che la mamma ci tiene" mi ha sempre detto mio padre.

In realtà credo ci tengano entrambi a quella formalità borghese di chi borghese in fondo non era.

C'è sempre stato un rito nelle loro abitudini che somigliava o voleva somigliare a quello di alcune famiglie conosciute in città. Con la differenza che ciò che per loro era normale perché scritto nella loro storia, per noi era una forzatura.

Almeno agli occhi miei e della nonna Ada, non certo a quelli dei miei genitori.

Mia madre Rita è una donna malleabile, ma resistente.

Abituata a non scegliere, ma sempre con il sorriso e la convinzione che in quella parte, lei, ci sta benissimo.

La sua famiglia di origine è di un piccolo paese dell'Abruzzo, trasferitasi a Milano per lavoro, ed è stato nella grande città lombarda che lei ha avuto la possibilità di studiare e di conoscere poi mio padre Attilio, tramite amici comuni.

Quando ero piccola la osservavo recitare la parte di moglie premurosa e madre attenta con l'ammirazione di chi si chiede se diventerà mai così.

Crescendo, poi, l'adolescenza ci ha diviso nettamente, portando in chiara evidenza la sua mancanza di potere e il suo bisogno di inscenare un quadretto perfetto agli occhi della gente.

Il sabato la passeggiata in centro dopo la messa, il caffè nel bar di Brera, gli inviti a casa la domenica a pranzo con la crostata di frutta di Alciati, le chiamate alle amiche per ostentare i grandi lavori del marito e della figlia.

Che ad avere due medici in casa ci invidiano tutti, sai? La figlia femmina laureata in Medicina, il marito luminare, la villetta liberty nella zona residenziale chic, il verde che "non è che Milano non ha il verde, è che non tutti se lo possono permettere".

Quelle frasi che i ricchi non direbbero, non quelli veri.

Ma lei sì.

Lei poteva permetterselo.

Le campane hanno appena suonato per la messa delle dodici mentre noi, nel nostro silenzio, parcheggiamo sotto casa dei miei genitori.

Mio padre indossa una camicia a righine, il gilet di cotone blu e i pantaloni beige che tanto adora mettere con i mocassini da casa che mia mamma gli ha regalato il Natale di qualche anno fa.

Mia mamma invece cerca di coprire i suoi chili in più con un grembiule che poco si addice al suo ruolo di donna in quella casa. Per lei, che la lasagna probabilmente è l'unica cosa che ha imparato dalla suocera, il grembiule non è riparo dagli schizzi della cucina quanto riparo da se stessa.

Ha il viso disteso, però. È curata e leggermente abbronzata, come sempre nel mese di luglio.

Il tavolo è apparecchiato per cinque.

«Nonna, chi c'è a pranzo, oltre a noi?»

«Ah, amore, ho pensato di invitare il signor Giulio, sai il nostro vicino? È solo da qualche giorno e mi sono detta che sarebbe stato gentile da parte nostra fargli compagnia.»

Fanno sempre così.

Invitano qualcuno con cui nessuno abbia confidenza,

così tutti siamo obbligati a restare in una sorta di educazione perenne, come se fossimo fuori, anche dentro casa.

Se ci sono ospiti non ci si lascia andare. Per educazione.

Sanno quando si potrebbero creare litigi e allora tirano fuori il jolly dell'amico a pranzo, del vicino di casa solo, dello sconosciuto senza un tetto proprio quell'unico giorno in cui andiamo noi.

«Potevate invitarlo un'altra volta, no, mamma?»

«La domenica da soli fa più tenerezza, non credi?»

«Dico solo che ci siamo qui io e Mia, dobbiamo discutere di un po' di cose legate alla campagna, era necessario invitare il vicino di casa?»

«Ma dài, Adele, lui lo conosciamo da una vita, non deve crearvi imbarazzo. E poi adora la mia lasagna.»

«Va bene, mamma, tanto è inutile discutere. Allora ti dico già che dopo il dolce noi andiamo via perché abbiamo un sacco di cose da fare.»

«Ma non restate per una merenda? Ho preso dei pasticcini buonissimi che devo farvi assaggiare.»

«Niente crostata di frutta?»

«Be', sì, certo. Ma oggi aveva fatto dei mignon talmente golosi che non potevamo non prenderli, io e papà. Abbiamo pensato che Mia li avrebbe adorati.»

«Grazie, mamma. Li mangiamo dopo pranzo e poi andiamo. Ho tutto l'immobile da svuotare, lo sai che alla fine l'ho venduto agli architetti, no?»

«L'hai venduto bene?»

«In linea con il mercato, e comunque quei soldi mi serviranno per sistemare la casa in campagna.»

«La vuoi sistemare? Mi sembra vada già benissimo per andarci qualche weekend all'anno.»

«Sì, ma non per viverci.»

«Per viverci? Che sciocchezze sono! Chi vuole vivere in campagna?»

«Io, mamma.»

«Tu? Tu cosa? A parte che hai una figlia e non sei sola, e poi non scherzare. Qui ci siamo noi che possiamo darti una mano per qualsiasi cosa, c'è Costanza, c'è la scuola di Mia. E poi come fai con il lavoro, scusa?»

«Conto di andarci tra un anno, mamma, quando Mia finisce il liceo e può essere più autonoma con l'università. Al lavoro mi prendo una pausa, non è quello che voglio continuare a fare.»

«Adele, ma papà lo sa?»

«No, pensavo di parlarvene oggi, però con qui il vicino di casa non sarà facile.»

«Santo cielo, Adele. Vuoi fargli prendere un infarto? Papà è molto stanco, ha perso la mamma, è pieno di pensieri e alla sua età ancora lavora. Ti ci metti anche tu con le tue idee da ragazzina? Sei una madre, hai delle responsabilità.»

«Grazie, mamma. Non credo sia tu a dovermelo dire. E comunque se oggi siete impegnati ne parleremo un altro giorno.»

«No, ne parliamo oggi. Vado a chiamare tuo padre e glielo anticipi già ora, così evitiamo reazioni esagerate dopo a tavola.»

«Mia!»

«Sì?»

«Mi mandi qui il nonno?»

«Stavamo leggendo le istruzioni della nuova tv insieme, vado a chiamarlo io.»

«Grazie, tesoro.»

«Nonno, la nonna ti cerca. Qua continuo io, poi vi raggiungo a tavola.»

«Attilio, tua figlia ti deve parlare.»

«Papà, sinceramente avrei preferito parlarvene a tavola con calma, ma essendoci ospiti preferisco anticiparti tutto adesso.»

«Dimmi, Adele.»

«Sto vendendo lo spazio di via Sambuco agli architetti, te l'avevo detto.»

«Sì.»

«Ho deciso di investire quei soldi per sistemare la casa della nonna, quella che ha lasciato a me.»

«Ma amore, non mi sembrava messa così male.»

«Perché voglio abitarci, papà.»

«In che senso?»

«Nel senso che la sistemo, Mia finisce il liceo e poi, tra un anno, potremmo trasferirci tutte e due lì. A vivere. Ho deciso di prendermi un'aspettativa dal lavoro, era da tempo che ci pensavo, era da tempo che con la nonna ne discutevo e ora finalmente è arrivato il momento di farlo. Vorrei sfruttare anche tutti quegli ettari per creare qualcosa, magari un'azienda agricola.»

«Ah ah ah, tu un'azienda agricola? Attilio, dille qualcosa per favore.»

«Sì, mamma, un'azienda agricola. Io. È vero, non è il mio lavoro, ma posso sempre imparare. E comunque conosco quella terra come le mie tasche, amo la natura e posso farmi insegnare da chi questo lo fa da sempre. Sono solo un po' arrugginita da tutti questi anni di lavoro in studio.»

«Mia lo sa? Ne avete parlato?»

«Sì. Lei tra un anno potrà scegliere se restare qui, la casa non la vendo ovviamente, o se trasferirsi con me. Lei ama quella casa, e sai anche quanto ami gli animali, potremmo prendere un cavallo, è il suo sogno da sempre.»

«È stata la nonna a mettervi in testa questa cosa?»

«No, papà. Lei ci ha fatto amare la campagna, così come la amava lei. Non potete capire.»

«Adele, era mia madre, certo che posso capire. Ci sono

cresciuto in quella casa durante le vacanze e ricordo perfettamente quando, alla morte di mio padre, lei ha voluto trasferirsi a vivere lì. Diceva che in campagna si sentiva libera.»

«Lo so. È così anche per me, papà.»

«Ma tu sei cresciuta in città, non ti è mancato niente, sei un medico affermato, hai viaggiato, hai una figlia che frequenterà l'università e avrà bisogno di sua madre accanto. Vuoi lasciarla completamente sola?»

«Non sono un medico affermato, non lo sono mai stata. Tu lo sei. E Mia non è sola e non lo sarà mai, perché la casa in campagna è a poche decine di chilometri, può tranquillamente fare avanti e indietro con la facoltà, sempre che decida di fare l'università.»

«Ma certo, facciamole fare la contadina. Che idiozie.»

«Farà quello che si sentirà di fare, non sarai tu a scegliere, non anche con lei.»

«Nonna, stanno suonando alla porta.»

«Vengo ad aprire. Finiamo il discorso un'altra volta, Adele, ora per favore un bel sorriso che è domenica.»

«Certo mamma, come sempre, mamma.»

I discorsi vengono interrotti così, anche quelli importanti.

Puntualmente c'è qualcosa di "esterno" che funge da elemento di disturbo e blocca ogni conversazione, a qualsiasi punto essa sia.

Succede sempre, eppure ogni volta riesco a stupirmene.

È successo anche quando gli ho detto che ero incinta.

Li avevo invitati a pranzo fuori, proprio perché, conoscendoli, sapevo che un ambiente pubblico li avrebbe resi, almeno apparentemente, sobri e tranquilli.

E, proprio mentre mio padre affondava la forchetta nel risotto giallo e mia madre beveva il secondo calice di vino, mi uscì un debole: «Aspetto un figlio».

Mia madre fece un verso che somigliò a uno sputo o a un singhiozzo poco elegante, mio padre lasciò di colpo la forchetta facendola sbattere accidentalmente contro il piatto.

Qualche vicino di tavolo si girò per il rumore.

«Attilio!»

«Mi è scivolata, e comunque, Adele, che dici?»

«Che sono incinta, papà, aspetto un figlio.»

«Ne sei certa?»

«Sì, ho fatto l'ecografia qualche giorno fa.»

«E chi è il padre?»

«Che delicatezza, mamma. Chi vuoi che sia? Maurizio, ma poco importa.»

«Lo sapevo che alla fine con quel soggetto succedeva qualcosa, era troppo tempo che dovevi lasciarlo, e lui che ti diceva che piantava la moglie, vero? Vedi a mettersi a fare l'amante, e ora?»

«Mamma, Maurizio non riconoscerà questo bambino. Ci ho già parlato, lui non ci sarà, il bimbo avrà il mio cognome, lo crescerò io.»

«Attilio, di' qualcosa per cortesia.»

«Adele, ma stai scherzando? Ma stiamo scherzando? Cosa fai, la ragazza madre?»

«Non so come si chiami, in fondo non sono più una ragazza, sono una donna. Quindi farò solo la madre, probabilmente.»

«Hai capito benissimo cosa intendo, non pensarci neanche a prenderti una responsabilità del genere da sola, tu non sai cosa vuol dire crescere un figlio e fare il genitore.»

«Lo imparerò.»

«Non puoi impararlo da sola, per queste cose bisogna essere in due, un maschio e una femmina.»

«Non sempre a quanto pare, papà. Io non ho scelta.»

«Come no, certo che hai una scelta.»

«A che mese sei?»

«Al secondo, mamma, ma non ci pensare neanche a consigliarmi di non tenerlo. Questo è mio figlio e farò tutto quello che devo fare per crescerlo.»

«Adele, ragioniamo un attimo insieme. Maurizio non ricomparirà, giusto?»

«Giusto.»

«Ok, allora va fatta la scelta più razionale. Tu ora sei in preda agli ormoni, immagino che siano stati giorni difficili, quando lo hai scoperto?»

«Dieci giorni fa.»
Drriiin.
«Attilio, ti squilla il telefono.»
«Ah, sì, pronto? Sì, mi dica signora, no le compresse deve prenderle due volte al giorno e possibilmente agli stessi orari. Si metta una sveglia nel caso, per non dimenticarsi...»
«Mamma, ma era necessario che rispondesse? Ora?»
«Adele, lo sai che papà risponde sempre ai pazienti.»

E anche quella volta il discorso finì così. Con una telefonata che interruppe tutto e che durò almeno dieci minuti, al termine dei quali nessuno aveva più voglia di parlare.

Non ordinammo neanche il dolce, uscimmo dal ristorante come tre persone che non avevano ricevuto una bella notizia.

Nessuno avrebbe mai potuto pensare che quella ragazza stava per diventare madre e quella coppia, nonni.

Non con quelle facce.

Non quel giorno.

«Mamma, quasi non ti riconosco. Non siamo mai state così poco dai nonni.»

«Ma se abbiamo anche mangiato i pasticcini.»

«Mamma, li abbiamo mangiati in piedi mentre uscivamo, praticamente.»

«Non ne potevo più, Mia.»

«Ohhh, finalmente!! Hai osato dirlo.»

«Ma non per i nonni, è che quel vicino di casa mezzo matto oggi non potevo reggerlo.»

«Infatti io ho pensato che, se era solo anche di domenica, un motivo c'era.»

«Mia!»

«Dài, lo hai pensato anche tu!»

C'è stato un sorriso, poi una risata.

Come se il reciproco odio verso quella recita domenicale ci avesse avvicinato.

Come se ci fossimo alleate, improvvisamente.

Come se un pezzo di muro si fosse rotto e da entrambe le parti si potesse sbirciare qualcosa.

Ci stiamo osservando, senza quel pezzo di muro.

«Comunque, tu che ti ribelli ai nonni è la cosa più bella e rivoluzionaria che ho visto nell'ultimo periodo.»

«Non mi sono ribellata, gli ho solo accennato il discorso della campagna.»
«E che hanno detto?»
«Secondo te?»
«Che sei pazza? Che tanto non ci andrai mai? Che la nonna chissà cosa ti ha messo in testa?»
«Più o meno.»
«Ti trattano come una bambina, mamma.»
«Lo so, lo fanno da sempre.»
«Sì, però sei cresciuta e sei madre anche tu, non dovrebbero.»
«Gliel'ho permesso io, evidentemente.»
«Non farlo più.»
«Non è così facile come a dirsi, ma comunque sì, stavolta me ne frego. Ci ho pensato molto e so che quel luogo custodisce qualcosa di cui ho bisogno, c'è una pace e allo stesso tempo un'energia che non ho voglia di spiegare a chi non capisce.»
«Fai bene.»
«Comunque, Mia, io non voglio e non posso importelo. So quanto ami la campagna, potremmo anche prendere un cavallo tutto tuo e, se decidi di iscriverti all'università, puoi sempre fare la pendolare, ma capisco se preferisci stare qui. È un test anche per me, non sono mai stata lì senza la nonna. Magari ha ragione il nonno e faccio ridere a fare la contadina.»
«Dài, ti ha detto così? Ma hai un sacco di cose che potresti fare, e in ogni caso puoi continuare anche a fare consulenze come medico, no? Cambiare aria, ora, forse ti fa bene.»
«Da come lo dici, secondo me fa bene anche a te se me ne vado un po'...»
«Io non ho detto niente.»
«Hai voglia di stare un po' senza di me, di' la verità?»

«Ma no, mamma, non sei tu, però vorrei conoscere un ragazzo carino e passarci del tempo insieme.»

«Lo so, amore. Lo capisco, arriverà. Sei uno splendore, magari lo conosci già domani a teatro.»

«Sì, certo, con i compagni che ho... Tu quanti anni avevi?»

«Quando?»

«Quando hai conosciuto papà?»

«Puoi chiamarlo Maurizio? E comunque non mi va di parlarne, Mia, scusa.»

«Preferisci che lo chieda a lui?»

«Mia, ma che modo è di rispondere?»

«Scusa, ti sto chiedendo cose che forse dovrei sapere da tempo, e credo di avere il diritto di chiedertele.»

«Ok, hai ragione. Ne avevo ventisei.»

«E com'era?»

«Normale, come vuoi che fosse.»

«Mamma.»

«Era bello, sì, e aveva i tuoi stessi occhi.»

«Color castagna.»

«Color nocciola.»

«Gli occhi uguali ai miei sono stati la prima cosa che ho notato.»

«Ecco. Almeno sai che non ti dico bugie. Ero con la zia Costanza quando l'ho incontrato.»

«Lei era con te?»

«Sì, eravamo a Roma.»

«Nel mezzo di un aperitivo, in un bar romano, è comparso lui. Era seduto nel tavolino accanto al mio con un amico, io non avevo notato lui e lui non aveva notato me.»

Fu prima di andare via che si avvicinò a me e a Cò e ci chiese se ci fosse una trattoria tipica in zona.

Qualcosa di poco turistico e di molto verace, disse.

Non siamo di qui, mi spiace. Avete provato a chiedere ai ragazzi del bar?

Dicono che qui dietro l'angoletto facciano una delle cacio e pepe migliori della città.

E?

Tutto pieno.

Io un posto lo avrei, ma è al Testaccio. Non vicinissimo, però garantisco sui tonnarelli.

Bastò uno sguardo di approvazione condiviso tra tutti e alle nove il tavolo "Maurizio per quattro" ci aspettava per il miglior piatto di pasta di Roma.

Una storia d'amore nata a tavola.

Mi piaceva guardare le mani che toccavano il cibo, la bocca che si muoveva per assaggiare e masticare, adoravo quel sorrisetto che compariva sul volto quando qualcosa gli piaceva.

Quei fiori di zucca ripieni, ad esempio. Che nessuno aveva ordinato ma che qualcuno aveva per fortuna portato al centro del tavolo.

La specialità della casa.

Fu quel primo morso. Croccante, unto, morbido, succulento, pieno, strabordante, saporito, goloso.

La mozzarella era bollente e filante e lui iniziò a ridere.

Si era sporcato la camicia bianca con le righine blu che gli faceva brillare gli occhi e quel poco di abbronzatura.

Le maniche le aveva tirate su alla bell'e meglio e si intravedeva una porzione di tatuaggio.

Siamo scoppiati a ridere.

Eravamo io e lui, quella sera. E il nostro fiore di zucca ripieno. La luna piena di Roma. La mia storia che lui non conosceva e la sua che io non vedevo l'ora di sapere. Erano i miei occhi pieni e la sua risata contagiosa, quell'arietta frizzante delle prime serate all'aperto e la musica dal vivo: *Canzoni stonate* di Morandi.

Maurizio, piacere.

Lo so.

Avevo le ciglia finte e la certezza che sarei tornata a casa da sola.

E invece mi ha chiesto di ballare, davanti a tutti.

«Non ti immagino con le ciglia finte.»

«Quante cose non ti immagini, Mia.»

24 ottobre 2004

Un'altra valigia da disfare.

Sono tornata a casa da poco. È domenica e domani si ricomincia.

Il treno preso di corsa mi ha reso nervosa.

In questo momento vorrei un sottofondo come nei film.

Un giorno mi hai chiesto di venirti a trovare a casa.

Ho pensato stessi scherzando.

Sapevi che non sarei mai venuta, ma l'idea che me l'avessi chiesto mi aveva fatto sorridere.

Io che mi immaginavo già casa nostra, e invece mi invitavi in casa vostra. Non c'era niente da sorridere.

Eppure, io ci avevo sorriso.

Te l'ho detto una sera che ridere è il mio antidoto alla malinconia e tu mi hai risposto che sapevi bene di cosa stessi parlando.

Adoro le persone che prendono la vita con una risata, che possono cambiare le giornate a chi glielo permette.

Tu sai mettermi di buonumore. È una cosa bellissima.

Poco fa ti ho scritto un messaggio: "Un pensiero, un sorriso, un bacio".

Tre parole per dirti che ti stavo pensando.

Un ordine che tu hai cambiato: "Un bacio, un pensiero, un sorriso".

Dall'ordine con cui comunichiamo si capiscono tante cose.

O forse sono io che credo di poter capire sempre qualcosa. O, semplicemente, quando la comunicazione è fatta di un messaggio ogni tanto, un bacio volante, una notte sempre a metà, si cerca di capire da ogni gesto, anche se non spontaneo.

In effetti so benissimo che non c'è nulla da capire.

È tutto sempre molto più semplice di quello che vogliamo credere.

Ma stasera, proprio stasera, ho voglia di raccontarmi quelle favole che qualcuno ha smesso di raccontarmi. E se mi farò male non sarà nulla di nuovo.

E comunque lo dicevo io che domani sarebbe andata meglio.

È che detesto aspettare.

10 novembre 2004

Oggi mi sei mancato.

Non c'è un qualcosa in particolare. Cosa potrebbe esserci dopo così tanti giorni che non ti vedo?

Mi è mancata la tua presenza, forse un po' per abitudine, forse per semplice monotonia.

In treno, stamattina, ti ho scritto un messaggio.

Poi l'ho cancellato. Perché non era giusto scriverti.

In fondo, ti avevo scritto "come stai" e tu mi hai risposto che stai bene. E basta così. In fondo, un messaggio basta per capire tutto.

Io ti chiedo come stai, io mi preoccupo per te, io spero che tu stia bene, io a distanza di giorni continuo a pensare a te, io sono affezionata a te.

Tu mi rispondi che stai bene, tu stai bene, non hai motivo di preoccuparti per me, immagini che io possa stare bene ma non importa, tu a distanza di mesi continui a non pensare a me, tu non sei affezionato a me.

Aristotele mi fa un baffo e tu credevi che fosse un semplice "come stai"?

Sul treno, dicevo, ti ho scritto un messaggio che evidentemente non era una risposta alla tua non domanda.

Ti scrivevo che era una splendida giornata di sole, di quelle fredde gelide, quelle che preferisco, e che il treno era mezzo vuoto e io sorridevo e mi chiedevo come si potesse scegliere di lasciarlo quel sole e quel freddo, così da un giorno all'altro.

Poi rileggendolo ho pensato alla tua non domanda e l'ho cancellato.

Perché non avrebbe avuto senso e io in fondo un senso cerco sempre di farcelo capitare nei miei sbagli quotidiani.

E comunque questa mia pagina comincia con un "oggi mi sei mancato".

Questo è il bello dello scrivere di getto: inizia un discorso con un'emozione, poi mentre scrivi ragioni e razionalizzi e normalmente arrivi alla fine con un'emozione totalmente opposta a quella iniziale.

Perché come potresti essermi mancato dopo un messaggio del genere, dài.

Ma io sono così. Sincera e fessa fino al midollo. E quindi confermo la mia tesi, vostro onore.

Mi manchi e su questo preferisco non fare sillogismi.

Un bacio. Uno schiaffo. Un abbraccio.

«Sai cosa gli ho chiesto la prima volta che ci siamo visti?»
«Cosa, Mia?»
«Come fosse vivere a Zurigo.»
«In che senso?»
«Non lo so, mamma. Ero convinta di volergli dire un sacco di cose, volevo aggredirlo di parole e di domande, ma quando me lo sono trovato davanti, così esile e così diverso da come me lo ero immaginato, non sono riuscita a dire altro.»
«Come te lo immaginavi?»
«Non lo so, esteticamente con i miei colori e poi me lo aspettavo alto e robusto, non so perché.»
«E invece, occhi a parte, castano scuro, non troppo alto e magro?»
«Molto magro.»
«Sarà stata la malattia.»
«E comunque mi ha detto che Zurigo è una città bellissima, piena di giovani anche se tutti pensano il contrario, e così vicina a Milano da essere comoda anche per i pendolari.»
«Che coraggio.»
«Sì, mi sono detta lo stesso anch'io, però era sincero. Forse non ci ha neppure pensato.»

«La malattia probabilmente lo ha addolcito o chissà quante cose ha rimosso.»

«Non lo so, mà. Non ti so dire neanche cosa mi aspettassi. Avevo passato una vita a cercare di immaginarmelo e improvvisamente me lo trovavo davanti due volte al mese e parlavamo di cose normali.»

«Tipo?»

«Ma non lo so, tipo della scuola o del suo lavoro. Un giorno mi ha parlato di Ottavio.»

«Ottavio.»

«Non immaginavo di avere un fratellastro.»

«Infatti non lo è.»

«Tecnicamente sì, mamma. Abbiamo lo stesso padre.»

«Ah, già. Ora ha addirittura altri due figli. Lui che "io ne ho già uno e non ne vorrò mai nessun altro". Facile dire di avere figli e farseli crescere dalle madri.»

«Mamma.»

«Scusa, Mia. Scusami. Ho provato per anni a non portare rancore verso lui e la sua scelta, e chissà se ci sono mai riuscita, ma credimi che mi assale la rabbia quando sento queste cose. E comunque, sta bene Ottavio?»

«Sì, studia a Boston. Un giorno potrei andare a trovarlo.»

«Non credo che lui sappia di te.»

«Sì, sa tutto. E anche sua madre. Pare che prima di separarsi lei abbia scoperto diversi tradimenti e che lui sia rimasto solo, anche durante la malattia. Questo me l'ha detto la nonna Ada.»

«Non mi fa di certo pena. È sempre stato uno che amava le donne e senza di loro non poteva stare. Il "solo" di cui parlava la nonna sarà sicuramente stato contornato da amiche, fidati. Non so se mi faccia più rabbia lui o io per come sono cascata a ogni suo complimento, a ogni parola dolce, a ogni progetto futuro. Sai quante volte mi ha promesso che saremmo andati a vivere insieme? E invece di quel sogno è rimasto un vaso. Vecchio. Come noi.»

«Mi ha parlato di te, mamma.»

«Ma guarda.»

«Di quanto tu fossi magnetica per lui, diceva che non era una questione di amore, ma di un attaccamento che solo con te aveva. Non riusciva a starti lontano.»

«E dire che ci è riuscito benissimo.»

«Mi ha raccontato di una vostra vacanza in montagna dove tu ti eri fatta male al polso pattinando sul ghiaccio e di quando ti mandò a casa cinquanta rose rosse e tu ti arrabbiasti perché dicevi che i fiori servivano a farsi perdonare qualcosa.»

«Non è che lo dicevo per dire. Io i fiori li ho sempre adorati, figurati le rose. Ma era lui che li mandava solo quando aveva qualcosa da farsi perdonare. Quante me ne ha fatte, Mia, e io sempre lì. Mi bastava un suo cenno del capo per tornare. Se non mi avessi salvata tu, chissà dove sarei ora.»

«Mamma.»

«È stato difficile, sai Mia.»

«Lo immagino, mà. Ma quando hai scoperto di essere incinta, lui cosa ha fatto?»

«Mi ha chiesto scusa.»

«Per cosa?»

«Vuoi sapere come è andata? Forse è giusto che tu lo sappia, amore mio. Ti posso dire anche come ero vestita, quel giorno. Con i pantaloni grigi della tuta, la felpa dell'UCLA giallo senape di tre taglie più grandi e i calzini blu. Non avevo neanche ventotto anni. Sono rimasta incinta e sono rimasta sola, quel giovedì mattina.»

Sul fuoco c'erano le zucchine, avevo comprato il basilico perché, anche se era inverno, avevo voglia degli spaghetti che mangiavamo d'estate.

«E io faccio così, quando mi manca un posto, lo sai. Lo cucino. E lo sento più vicino, attraverso un piatto.»

Il test di gravidanza lo avevo comprato per curiosità.

Io, i ritardi, li avevo sempre avuti. Ma quella mattina tutto è cambiato.

«Vivevo già nel nostro appartamento, poco dopo aver lasciato la casa con Costanza. E hai presente dove adesso c'è la lavanderia? Ecco, lì c'era un bagnetto con la lavatrice. Ho fatto il test, l'ho richiuso come da indicazioni e l'ho poggiato su quella lavatrice.»

«E?»

«E me ne sono dimenticata, Mia.»

Ero talmente tranquilla che mi misi a rispondere a delle mail fino a che, la sera, prima di cena, tornai in bagno e lo presi in mano. Due linee bordeaux. Neanche rosse, ma bordeaux. Presi la confezione in mano, la girai e sul retro la conferma che le due rette parallele avevano *quel* significato.

Chiamai Maurizio ma non rispose. Allora gli mandai un messaggio, poi altri cento probabilmente.

Rispose dopo ore, in modo telegrafico: "Ti chiamo io".

«E ti ha poi chiamato?»

«Sì.»

Sono incinta.

Non può essere mio, Adele.

Non lo sarà, tranquillo.

«Mi ha chiesto scusa. Mi ha detto che io da sola non ce l'avrei potuta fare, che lui aveva già un bambino e che nessuno avrebbe mai dovuto sapere. Mi ha detto di non cercarlo più, Mia. E piangeva, perché sapeva che io non lo avrei cercato più. Mi chiedeva di farlo e sapeva che io lo avrei fatto.»

«Mamma.»

«Perché era così che io ero abituata a fare. Io non mi ribellavo, io subivo da sempre le scelte degli altri, io piangevo in bagno da sola con un test di gravidanza in mano ma alla fine non ero capace di chiedere aiuto, non ero capace di chiedere amore, non ero capace, Mia.»

«Mamma.»

«Mi vergogno molto, Mia. Mi sono vergognata per giorni, per mesi. Mi sentivo marchiata a fuoco come se la gente potesse riconoscermi, in mezzo alla strada.»

Quella sola.

Mi sentivo addosso gli sguardi della gente in ospedale, a scuola, alle recite.

Sembrava che non avessero mai visto una donna sola con un figlio.

Eppure mio marito poteva essere in viaggio per lavoro, in ufficio, a casa con la febbre.

In tal caso non mi avrebbero guardato così.

E invece mi riconoscevano.

Quella monca.

Mi dispiace.

Non è così che si rimane incinte.

Non è così che ti raccontano le amiche, i libri, i giornali.

Nessuna mano sulla pancia, nessun brindisi in famiglia, nessuna ecografia in due.

Due.

Io, *quei due*, non li ho mai visti.

Non si fanno fotografie per non far restare ricordi.

Si raccontano bugie, si cambiano date, si inventano storie.

Sola, sei diversa da tutti.

Sola, sei una pagina da riscrivere.

Sola, sei una firma che non vale niente. Un modulo che non esiste.

Un motivo per lasciar perdere.

Eppure ti ho desiderata talmente tanto quel giorno che non avrei permesso a nessuno di ostacolare qualsiasi mia scelta. Ci hanno provato i nonni, gli zii, tutti a dirmi che non ce l'avrei fatta perché a non farcela erano loro davanti al giudizio della gente.

Sarebbe stata una colite per mesi, nulla di più.

Possiamo tranquillamente far finta di niente e poi quando nasce capiamo come fare.

Come se all'interno della recita della famiglia perfetta quell'imprevisto non fosse ammesso.

La nonna Ada invece mi abbracciò. Come non aveva fatto mai.

Ne devo abbracciare due, ora.

Poi mi fece trasferire in campagna da lei, per un po'. Fu lì che diventammo quello che nessuno aveva saputo mai.

La campagna proteggeva me e allo stesso tempo i miei genitori dalle domande e dall'incapacità di dare risposte.

E intanto la pancia cresceva e con lei il legame mio e della nonna, in cui la forza femminile si mescolava al dolore e alle mancanze, ma ogni giorno diventava più forte.

E poi un giorno, in quella casa al femminile, sei arrivata tu.

Sei nata di martedì, poco prima di cena.

Sei riuscita a non farmi saltare un pasto, neanche quella sera.

Quarantanove centimetri per tre chili e quattro di emozioni, tutte insieme.

Le foto dei giorni a seguire le conosci a memoria, dell'ospedale ne ho solo una.

Tu, sporca di sangue, sul mio petto.

È la foto a cui sono più legata.

Io, con gli occhi spaventati e lucidi, tu minuscola, sporca e attaccata a me.

Mi guardavo attorno incurante del dolore del parto e osservavo i papà prendere in braccio quelle piccole creature e poi sorridere alle compagne, alle mogli, alle nuove madri.

Guardavo quegli abbracci come qualcosa che non ti appartiene e non sai perché.

Come se non fosse giusto.

Ero una nuova madre anch'io ed ero anch'io così piena di amore da dare.

Ma c'eri tu, sul mio petto, sporca di un sangue che ci legava per sempre.

E la foto che ci fece la nonna racconta la fatica di quei due esseri doloranti pervasi di una gioia immensa. Lo rivivrei altre mille volte, quel giorno. Non te lo so spiegare quanta forza ci fosse in quella venuta al mondo, come se tu scalpitassi e io con te.

Morivamo dalla voglia di conoscerci, di abbracciarci, di stare insieme.

Quell'amore ora sapevo a chi darlo.

E così quel giorno, io, che non sapevo nulla di bambini e che non avevo voluto chiedere a nessuno, perché nessuno avrebbe capito, diventavo madre e tu, figlia.

Quel martedì smisi di confrontarmi con gli altri, perché capii subito che la nostra sarebbe stata un'altra storia.

Che avremmo scritto, io e te.

«Quelle due, come diceva lei.»

«Queste due, mamma. Siamo qui. Ora. Siamo sempre state io e te.»

«Lo so, Mì. Mi dispiace.»

«Smettila di chiedere scusa, mamma. Se solo avessi immaginato.»

«Cosa, Mia? Tu sei stata una figlia incredibile.»

«Ma se avessi immaginato il dolore che ti portavi dentro.»

«E se io avessi visto il tuo, di dolore, Mia. Ero io l'adulta, lo dici sempre. E hai ragione. La verità è che io mi sentivo ancora piccola e non avevo idea di cosa volesse dire essere madre.»

«Nessuno te lo insegna, no?»

«Già. Ma quando sei da sola, ogni cosa che fai hai paura di sbagliarla e sai che se succede qualcosa è sempre e solo colpa tua.

La sera, ogni volta che eravamo sole, io pregavo che non ci succedesse nulla, perché in quel caso io avrei dovuto dimostrarti la mia forza. E non ne sarei stata capace. Ero il tuo supereroe ma non avevo poteri. Però tu non te ne accorgevi.»

«Vuoi dirmi che quella cheesecake pazzesca non era frutto di un superpotere?»

«Smettila, Mì.»

«E vuoi dirmi che la pasta di sale che facevi a me e alle mie amiche non era l'incredibile invenzione di un supereroe? Non ne ho mai più vista una così perfetta.»

«Dài, Mia.»

«Mamma, è vero. Ero una bambina, lo sarai stata anche tu, ma allora hai finto benissimo.»

«Amore, tu eri grande. Sei nata grande. Ti prendevi cura di me come non aveva mai fatto nessuno e io questo non dovevo fartelo fare. Non dovevo addossarti responsabilità fin da piccola, ci credo che crescendo hai iniziato a non sopportarmi più.»

«Io non sopportavo la tua debolezza, mà. Ma non con me, con gli altri. Con i nonni, con la gente, non ti ho mai sentito dire un "no". E poi a casa avevi sempre quel velo di infelicità, quella faccia appesa. La zia Cò lo sa, le ho chiesto mille volte se fosse successo qualcosa. Quasi speravo ci fosse dietro un uomo a farti penare...»

«Ma quale uomo, magari.»
«Vedi? Non ti sei mai più avvicinata a nessuno.»
«C'eri tu.»
«E allora?»
«Non volevo toglierti attenzioni.»
«E allora le hai tolte a te.»
«Però io la mia vita l'avevo fatta, Mia. E avevo fatto una scelta. Quando sei nata ho giurato che tu e solo tu saresti stata la mia priorità.»
«Maurizio le sa tutte queste cose?»
«Ma no, Mia. Perché avrebbe dovuto saperle? Lui ha fatto una scelta come io ho fatto la mia.»
«Sì, ma magari se avesse saputo...»
«Cosa? Gli avrei fatto pena? No grazie, mi sono bastati i miei genitori e la gente che parlava, guardava, giudicava. Non ti dico a scuola. Quando venivo a prenderti correvamo via per evitare che le mamme chiedessero o guardassero...

L'unica che c'era sempre era la nonna Ada, lei non mi ha mai lasciato un secondo.

E non ha mai lasciato te, da quando sei nata.

Diceva che avremmo reso la nostra una famiglia matriarcale, quello che avrebbe voluto fare lei.»
«Magari aveva ragione. "Le Lorenzi, una famiglia di donne." Suona bene, no?»
«Dài, che scema.»
«Ma, a proposito della nonna, perché non andiamo a fare un salto in campagna ora? Siamo state così poco dai nonni, è domenica, c'è il sole e gli scatoloni possiamo farli domani, no?»
«Non siamo più tornate dopo la sua morte.»
«Lo so, ma io ho delle poltrone di mia proprietà che vorrei rivedere. E tu hai una casa da aprire, mamma.»
«Che strano.»

«Lo so, mamma, ma meglio io e te da sole che con tutti i parenti.»

«Va bene, avvisa il custode per le chiavi. Tra un'oretta saremo lì.»

La jeep verde oliva l'ho sempre utilizzata solo per andare dalla nonna o dai miei genitori, da quando hanno cambiato casa. L'avevo comprata usata poco prima che nascesse Mia. Un "rottame", per mia madre.

Negli anni ha accumulato ammaccature un po' ovunque ma nel complesso è bella così.

Ha quel "vissuto" addosso che non ho io, e comunque, per quello che viene usata va fin troppo bene.

Non è mai stata necessaria l'auto in città, io amo camminare, andare in bicicletta con Mia lungo il Naviglio le domeniche mattina di sole, fermandoci a fare colazione per la strada.

Mi era indispensabile solo nei primissimi tempi, quando ero rimasta a vivere con la nonna per concludere la gravidanza e nei primi mesi successivi al parto.

A ogni modo, in quell'auto che poco sento come parte della mia vita non c'è nulla che ricordi me o la mia quotidianità. Non ci sono elastici per capelli abbandonati, lucidalabbra dimenticati, bottigliette d'acqua a metà.

Nel vano centrale qualche monetina e nulla più.

A differenza mia, Costanza ci tiene parecchio, alla sua macchina. Quanto le piace arrivare con il suv aziendale alle cene e scendere dal posto di guida attirando gli sguardi su di sé.

È bella e quell'automobile le sta perfettamente accanto.

E, se fuori è affascinante come lei, all'interno puoi trovarci di tutto, dalle creme antirughe ai campioncini di profumi, a un necessaire per il makeup.

Un giorno, mentre cercavo dei fazzoletti per Mia, mi è capitata per le mani perfino una piastra per capelli, di quelle da auto.

«Tu non capisci, Adele, se mi trovo all'ultimo minuto con i capelli disordinati come faccio? È indispensabile averla qui.»

È come diceva quell'"indispensabile" che fa ridere. Perché lei ci crede davvero.

E io non posso capire.

Sono una madre che ha perso la leggerezza della giovane età, dice lei.

Ma io sorrido e non replico.

Può essere che è lei a voler rimanere ragazzina in eterno, posso essere io ad aver cambiato le mie priorità, o può essere banalmente che io i trucchi non li ho amati neanche da giovane.

La mia è una pelle chiara e i miei lineamenti sono spigolosi, di quelli che basta un niente per renderli eccessivi.

Ci sono visi che grazie al trucco diventano arte, il mio è bello così, nella sua semplicità.

«Ma Maurizio ha mai letto il tuo diario, quello dell'altro giorno?»

«Una volta lo ha sfogliato e mi ha preso in giro. Diceva che ero una ragazzina che scriveva cuori sul diario, ma in fondo era curioso da morire.»

«Stai sorridendo.»

«Ci divertivamo un sacco.»

«Un po' lo avevo immaginato. È simpatico, ha continuato a far battute alla nonna anche fino a poco prima di ricoverarsi.»

«Mi dispiace che tu lo abbia visto così.»

«Quando l'ho conosciuto, mi sudavano le mani. Pensavo mi scoppiasse il cuore nell'attesa e invece è stato tutto così normale, te l'ho detto. Lui mi ha stretto la mano, si è presentato, ci siamo osservati. Ha parlato più la nonna, le prime volte. Noi non sapevamo cosa dirci.»

«Lo immagino. Non saprei cosa dirgli io, oggi.»

«Però ho scoperto da chi ho preso la mente matematica, mamma.»

«Eh, lo dicevamo che non era mia, quella.»

«Vorresti rivederlo? Lui sì, chiedeva sempre di te.»

«No.»

«Sono passati quasi vent'anni, mamma.»

«Non ce l'ho con lui, Mia. Te l'ho detto. Ma quel dolore io non sono mai riuscita a trasformarlo. E forse serviva questo tempo insieme io e te per cominciare. Io ho avuto paura, Mia.»

Ho avuto paura di tutto e ho fatto tutto lo stesso, ingoiando la paura per poter proteggere te ed essere madre.

Io non ho mai odiato lui ma ho odiato la solitudine, questa corazza che mi è stata buttata addosso senza che io la richiedessi, questa armatura da supereroe che un bel giorno ha deciso di diventare la nuova Adele, forte e solitaria, coraggiosa e invincibile.

Io non sono così, Mia.

Io non sono così, Mia.

«Quando ero piccola mi tenevi sempre la luce del bagno accesa, ti ricordi?»

«Certo che mi ricordo. Avevi paura del buio.»

«Io non ho mai avuto paura del buio, mamma. Quante volte ti ho detto di spegnerla ma tu no, lasciamola accesa così non ti spaventi. L'ho capito già da bambina che eri tu a non volerla spegnere.»

«Mi faceva sentire più sicura.»

«Anche a me. Come con le collane. "Mamma, ti sei tolta le collane prima di andare a letto?" Quante volte te l'ho detto?»

«Quando invece avrei dovuto chiedertelo io.»

«Ma io non mettevo le collane.»

«Ma ero io la mamma.»

«Non piangere.»

«Mi dispiace.»

Quante cose ci hanno chiesto di essere. Per poi accorgerci, con gli anni, che non avevamo alcun disturbo dell'attenzione, semplicemente non volevamo essere quella roba lì.

Bambine perfette che diventano donne di gomma.

Che puoi scaraventarle dove vuoi, tanto rimbalzano.

E, se si rompono, sono difettose.

Se fin da piccole ci avessero detto della nostra fragilità, se ci avessero lasciate romperci in mille pezzi insegnandoci a ricostruirci.

Se ci avessero detto che la forza non si misura in resistenza.

Se ci avessero detto di non fare le brave.

Se ci avessero spiegato che l'amore non è un premio da meritarsi.

Se ci avessero detto che essere belle non era il nostro lavoro.

Se ci avessero detto che le regole, quelle che ci hanno insegnato, valevano anche verso di noi.

Ci saremmo date un valore, almeno.

E invece anni a cadere, sbattere, rimbalzare.

Pensando che fosse tutto normale.

E poi svegliarsi una mattina, con quel dolore che supera la soglia *normale* di sopportazione.

E scoprire, da grande, che sei rotta. E che non hai la più pallida idea di come si ricuce quello strappo, che non è un orlo da aggiustare, ma uno squarcio per cui una toppa non basterebbe.

La jeep verde non ha nulla di tecnologico. Nessun attacco USB, né wi-fi, nessuna possibilità di riprodurre musica dal cellulare.

Entrare in quell'auto è sempre come fare un tuffo nel passato. A me fa impazzire. Diverso è per Mia, che in ogni tragitto verso casa dei nonni o verso casa di nonna Ada si porta i suoi auricolari e si estrania dal mondo.

Detesto quando lo fa. Se da ragazza lo avessi fatto io, chissà cosa avrebbero detto i miei genitori.

Ma questo è un viaggio diverso.

Non possiamo scappare da noi stesse, in questo buco di abitacolo.

«Metto la radio?»

«Sì, vedi quello che trovi.»

«Non prende nulla.»

«Se vuoi ci sono sempre i miei cd.»

«Meglio la radio.»

«Guarda che alcune canzoni ti piacerebbero.»

«Ah, ho trovato un canale che funziona, vediamo quanto regge.»

«John Denver, non ci posso credere.»

«Cosa?»

«Questa canzone.»

«*Take Me Home, Country Roads*, è la colonna sonora dei miei viaggi con Cò.»

«In Alabama?»

«Dài, scema, noi adoriamo la musica country. Almeno io la amo ancora. La zia secondo me ha cambiato gusti, saranno un po' più chic ora.»

«Sì, non me la vedo con i texani e il cappello.»

«Cantala con me.»

«Ma non la conosco, mamma.»

«Ma è sempre uguale, *country roads, take me home to the place… I belong. West Virginiaaaaa.*»

«Ahahaha, mamma, ma dàiii.»

«Dài che finisce.»

«È finita, mannaggia.»

«Ora te la scarico sul tuo telefono o ti impongo di ascoltarla ogni giorno.»

«Tipo punizione?»

«Ahah, esatto.»

«Guarda fuori che bello, mà.»

«Inizia la campagna.»

«Sei mai stata innamorata, Mia?»

«Sì, credo di sì. Non lo so. Cosa intendi? Tutti siamo stati innamorati, a modo nostro.»

«Intendo le farfalle allo stomaco.

Intendo quella cosa che, mentre stai camminando da sola in mezzo alla folla, sorridi e pensi a quanto sia tutto così bello. Che studiare e organizzare gli impegni non è mai stato così facile e che la notte, sì, la notte, non hai mai dormito così bene. Che il caldo non è mai troppo caldo e il freddo non è mai troppo freddo. Che è come se improvvisamente non ci fosse più niente di cui lamentarsi, perché non hai voglia di sprecare tempo a farlo. Che il tempo, ora, ha un valore diverso, e non vuoi perdere neanche più un secondo.

Intendo quella cosa che tutto è più semplice, insieme.»

«Be', magari non proprio così, ma sì, credo di sì. Ti ricordi Marco, mamma? Quello della terza B?»

«Sì, chi se lo dimentica. Il tuo primo ragazzino, almeno da quello che so io.»

«Quanto ci ho pianto.»

«Ma se l'hai lasciato tu.»

«No, mamma. Ti ho raccontato così altrimenti tu non mi avresti più mollato, invece mi ha lasciata lui. E così, senza spiegazioni. È scomparso un lunedì che dovevamo andare a studiare insieme da Giulia. Non è venuto e non ha più risposto alle mie chiamate.»

«Me lo dovevi dire, Mia.»

«E cosa avresti fatto?»

«Ti sarei stata vicina.»

«Non volevo te vicina, mamma. Volevo lui e nessuno avrebbe potuto fare niente.»

«Lo so, ma avremmo fatto qualcosa per non pensarci. Quando eri piccola, ogni volta che sentivo di stare per crollare partivamo per un viaggio. Siamo state ovunque, anche se non puoi ricordarlo.»

«Me li hai raccontati e mi hai fatto vedere le foto così tante volte che è come se li ricordassi.»

«Comunque mi dispiace per la storia di Marco, non si è più fatto sentire?»

«Macché, a scuola mi ha detto che aveva bisogno di stare solo e di capirlo. Secondo te da solo ci è mai stato? Vabbè, in ogni caso non ci penso più.»

«Sei sempre stata più forte di me.»

«No, mamma.»

«Sì, Mia. L'ho capito da come mi stringevi il dito appena nata. Non mi mollavi. Non mi hai mai mollato.»

«Neanche tu lo hai mai fatto, mamma. E avresti potuto.»

«Non dirlo neanche per scherzo.»

«Sai cosa mi ha detto Maurizio, una volta? Che sperava tu non mi tenessi.»

«Lo disse anche a me, ma con te poteva evitare.»

«Ma sapeva che non lo avresti mai neanche preso in considerazione, perché sei sempre stata una testarda. Diceva che volevi più me, di lui, in fondo.»

«Non è stata testardaggine, né ingenuità. Ma forse in

questo ha avuto ragione, io credo di averti sempre voluta, Mia.»

Ma *una come me*, come ha fatto a mettere al mondo *una come te*, Dio solo lo sa.

Io, piena di paure ereditate e fobie arrivate, tu, erede della mia fame ma non del mio scarso coraggio.

Tu, protettiva come una mantella calda che ti avvolge stretta senza farti sentire freddo.

Io, scoperta e a volte nuda, nella mia fragilità di donna sola.

Non se ne sono mai accorti, Mì.

Di quanto fossi sottile, dentro questo corpo esile.

Te ne sei accorta tu, senza fatica alcuna.

Sei arrivata in quel martedì come una benedizione divina.

Come se me lo meritassi.

Come un dono, non come un rimprovero.

Te lo meriti.

Me lo hanno sempre detto, in quel senso.

Nell'altro, me lo hai insegnato tu.

Senza fretta.

Mi hai preso la mano e per mano siamo andate, senza paura.

O piene di paura. Ma tanto nessuno se ne accorge, Mì.

Io sì. Ora lo so che eravamo piene di paura, ma guarda dove siamo arrivate.

La campagna bresciana è rigogliosa, in questa stagione.

La nonna la amava anche in autunno, quando le foglie diventavano rosse e i vigneti accanto alla sua proprietà sembravano parte di un quadro.

Quando ero bambina e si andava a trovare la nonna mi incantavo a guardare fuori dal finestrino tutto quello che mi mancava in città. I rumori diversi, il verde pieno di colore, il cielo che cambiava. Sarà stato allora che me ne sono innamorata, in fondo quale bimbo preferisce la città alla campagna?

Mia è seduta dal lato del passeggero, accanto a me, e la cintura la stringe sul corpo magro ed esile.

Le sue amiche l'hanno sempre invidiata per il suo fisico asciutto senza bisogno di diete, di fare sport, senza sforzo apparente. Ma lei è sempre stata equilibrata nel cibo così come nei modi, non ha mai esagerato, neanche da piccola, l'unica eccezione è per la mia cheesecake ai mirtilli. Di quella può mangiarne una intera in un pasto, senza che le venga mal di pancia.

Indossa dei jeans bianchi e una t-shirt a righine blu e rosse e ogni tanto mi viene voglia di togliere la mano dal cambio e prendere la sua. Come facevamo da piccole.

Ma non voglio rovinare tutto.

«E tu, mà, sei mai stata più innamorata? Dopo Maurizio, intendo. E non di me, intendo.»

«Ahh, se non di te, di chi allora? Comunque no, non direi.»

«Dài, mà, non ci credo che non c'è mai stato nessun altro, non farmi chiedere a Cò.»

«Ma sì, uno c'è stato ma no, non andava bene.»

«Chi era?»

«Un ragazzo più giovane, l'avevo conosciuto in Calabria un'estate in cui tu eri rimasta una settimana dai nonni.»

«Ma se non mi lasciavi mai da loro.»

«Eh, lo so, ma quell'anno Costanza me lo impose. Diceva che non era normale che io passassi trecentosessantacinque giorni l'anno con te.»

«E aveva ragione?»

«Sì, ma all'epoca non riuscivo a capirlo.»

«E?»

«E niente, sono partita con la zia e lì ho conosciuto Gianni.»

«Racconta.»

«Ma no, mi imbarazza. Cosa ti racconto, amore? Mi ha

offerto un gin tonic e abbiamo parlato in spiaggia tutta la sera. Poi solite cose, ma tanto è finita pochi mesi dopo.»

«Mesi?»

«Sì, lui è venuto a Milano qualche volta, ma sai cosa credo? Che mi servisse sentirmi così, dopo anni. Era giovane, simpatico, divertente. Costanza diceva che Gianni era "un bello che balla", per intendere che era un maschio funzionante. Sai che lei è abbastanza cinica in materia.»

«A lei i belli insignificanti mica piacciono.»

«No, infatti, di solito se ne innamora direttamente.»

«Però era stato bello l'incontro, il fingere di essere una ragazza single in vacanza con l'amica. Non volevo chiedere, non volevo sapere, non volevo condividere nulla.

Mi serviva una notte senza promesse e Gianni, senza numero di telefono e senza aspettative, è stato la mia notte da ragazzina. Avevo voglia di far sentire a un uomo che non ero solo una mamma, una donna sola, una donna piena di crepe e una lavoratrice infelice e una figlia piena di obiettivi mai raggiunti.»

«Ci sta.»

«Ma che commento è "ci sta"?»

«Mamma, ci sta. Avevi bisogno di staccarti da tutto quello che era la tua vita.»

«Buffo sentirlo dire da te, a diciassette anni oggi siete tutti psicologi.»

«Dài, e poi com'è finita?»

«Che nella nostra vita non c'era posto per noi. Non capiva le mie responsabilità, il mio lavoro, il mio poco tempo libero. E probabilmente io facevo tutto il possibile per non aiutarlo. C'eri tu, mi bastavi.»

«Ma era una cosa diversa.»

«Lo so, ma l'ha capito anche lui. Diciamo che non ha insistito.»

«Uno che era meglio perdere allora, come Marco.»

«Già, come Marco.»
«Però posso dirti una cosa? Da quel poco che ho letto su quel diario, mi piace molto come scrivevi. Cioè, eri una di noi, una come me.»
«Ero una ragazza, amore, come te.»
«Dovresti ricominciare a farlo.»
«A scrivere?»
«Sì.»
«Non so farlo più.»
«Come fai a dirlo?»
«Mia, il lavoro mi ha cambiato, i nonni sempre così perfezionisti e oppressivi, le giornate senza qualcosa che partisse dal cuore, a parte te. Se ho ancora un cuore che batte al ritmo giusto è per te.»
«Mi hai sempre detto di concentrarmi su quello che mi rendeva felice, lo fai da quando sono piccola. Non mi dicevi niente quando mi riempivo di caramelle perché ero felice. E non mi sgridavi quando uscivo con una scarpa di un colore e una di un altro, perché ero felice. E sei riuscita a non urlarmi contro quando andavo a scuola vestita in modo improbabile, hai sempre voluto rispettare quello che ero.»
«Non l'hanno fatto con me, Mia.»
«Lo so, mamma. Li conosco i nonni.»
«Ecco, io volevo tu avessi qualcosa che io non ho avuto ma alla fine ho cercato di colmare un'assenza per tutto questo tempo. Troppo tutto, Mia, per colmare il vuoto.»
«Mi mancava un pezzo mamma, ma non c'era alcun vuoto. Tu eri il mio mondo, il mio mare. Era senza di te che pensavo di annegare.»
«Ma non annegherai, te lo dicevo sempre.»
«Ero piccola e non capivo.»
«Hai sempre capito più di tutti, tu. Te l'ho detto, sei nata grande, Mia. Per colpa mia, ma oggi non ha più

senso darsi colpe. Tutte queste cose non siamo riuscite a dircele in una vita e lo facciamo ora, in pochi giorni.»

«Dovresti ricominciare a scrivere, mà.»

«Quando vivremo in campagna, chissà. Magari torno a scrivere, ma ho quasi sempre scritto solo quando ero triste, questa è la verità.»

«E poi?»

«E poi sei nata tu.»

«Mia, quindici minuti a siamo arrivati. Ti posso chiedere una cosa?»

«Dimmi.»

«Da quando la nonna è morta, l'hai più sentito?»

«Mi ha scritto chiedendomi il giorno del funerale, ma io non ho risposto, mà.»

«Perché?»

«Perché era tutto troppo. Non sapevo se fosse giusto averlo lì, se al dolore della perdita della nonna poteva anche aggiungersi lui così all'improvviso. Poi immaginati i nonni, gli zii. Teniamo la cosa per noi, non voglio che altri lo sappiano.»

«Hai fatto bene. Non per gli altri, a noi non interessano gli altri, Mia. Ma perché quel giorno era giusto concentrarsi sulla partenza della nonna. Era il suo giorno, e solo suo.

Lo sentirai ancora? Cioè, avresti voglia di rivederlo?»

«Non lo so mamma, non lo so. Vuoi la verità? Ho diciassette anni e a crescermi sei stata tu. Tu e la nonna siete e sarete per sempre le persone più importanti della mia vita. Maurizio sono felice di averlo conosciuto, ma non sa nulla di più di qualsiasi mio conoscente. Insomma, se vorrà rivedermi o vorrà rendermi parte della sua vita, mi fa piacere, ma come se avessi un nuovo amico, non un padre. Non ne faccio una questione di rancore, ma di assenza.

Lui non c'è mai stato, è vero, ma in qualche modo porto dentro anche qualcosa di lui.

Mamma, io non so bene cosa vuol dire avere un padre, però magari imparo.

Ti darebbe fastidio se lo incontrassi ancora?»

«No.»

«Sicura?»

«Sì, Mia, sicura. Sono rimasta scioccata e sono stata gelosa, quando me lo hai confidato qualche giorno fa.

Perché i primi tempi ero terrorizzata che venisse a prenderti e a portarti via da me.

Tu che eri un pezzo di me e che io avrei protetto come solo una madre sa fare.

Ma so che è una tua scelta e non mi opporrò. Sei quasi maggiorenne, sei un'adulta ormai e chissà, magari riuscite davvero a ricostruire un rapporto con gli anni.

Lui come sta, ora?»

«Insomma. L'ultima volta che l'ho visto parlavamo del poco tempo che restava da vivere alla nonna e lui scherzava sul poco tempo che aveva da vivere lui. Ma in realtà so che il tumore non ha intaccato altri organi e la chemio ha dato ottimi risultati.»

«Bene.»

«Io voglio solo che non pensi che possa preferire stare con lui, mamma.»

«Mia, non dirlo neanche! Non devi neanche pensarci a queste cose, tu sei libera di stare con chi vuoi. Certo, non credo lui sappia fare la cheesecake così bene...»

«Mamma...»

«Provo a scherzarci su, perché mi sembra stia succedendo tutto così velocemente e non so immaginare lui presente nella tua vita. Insomma, non lo abbiamo nominato per diciassette anni e ora non parliamo d'altro!»

«Ma tu, mamma?»

«Cosa?»

«Tu lo rivedresti?»

«Non lo so, Mia.

E non per la rabbia, quella non c'è più, anche se da come ne parlo a volte può sembrare il contrario. Vuoi sapere la verità? È che un po' mi imbarazza non essermi ricostruita una vita. So bene di aver scelto io di restare sola e di aver accettato una solitudine a volte comoda a volte dolorosa, ma io lo so cosa pensa la gente, che nessuno mi ha più voluto, lo vedo come mi guardano gli altri. Anche le persone a me vicine, i miei genitori, gli amici. Si chiedono come sia possibile che io non mi sia più costruita una vita di coppia, senza minimamente pensare alla mia priorità, che sei sempre stata tu.

Ho preferito dedicare il mio tempo a te, a noi, e credo di averne ancora per costruire! Ma voglio sceglierlo io, non voglio siano gli sguardi degli altri a farmi cambiare opinione. Dài, lo vedi come fa ancora Ugo quando vado da lui al ristorante da sola, si siede con me perché gli faccio tenerezza. Sarebbe liberatorio ogni tanto vedere quel tavolo apparecchiato solo per uno. La gente non lo capisce che soli si sta bene, a volte anche meglio che in coppia.»

«Mamma, tu le bugie non le sai dire.»

«No, amore, credimi, ammetto che la solitudine si è fatta sentire e ancora di più ora che tu hai la tua indipendenza e la tua vita, ma sono stata bene in tutti questi anni, è la verità. E poi ogni tanto mi divertivo anch'io, eh...»

«Ah, giusto, mi hai raccontato!»

«Sì, ma adesso guardiamo avanti.»

«Ma quindi non lo vedresti Maurizio? Mamma, è anche malato.»
«Ora lo è. E, comunque, è solo che ci dovrei pensare un po'.»
«Magari quando vivremo in campagna.»
«Quante cose dobbiamo fare in questa nuova vita in campagna?»
«Intanto trovarti un bel contadino.»
«Ahaha, chi può dirlo, vuoi vedere che alla fine bastava così poco?»
«Ne abbiamo di cose da fare, mamma. Tutte quelle che non abbiamo fatto finora.»

Anche se di cose ne avevamo fatte, in quei diciassette anni.

Il "non fermarmi mai" era diventato l'antidoto alle crepe che non c'era tempo di sanare.

E nel mio vortice avevo portato anche Mia, entusiasta fin da subito di tutta quella pienezza di vita.

C'erano gli obblighi, dati dal mio lavoro e dalla sua scuola, e poi c'era il nostro tempo libero, che occupavamo in decine di attività.

I primi anni era tutto una scoperta, poi crescendo si era iniziata a confrontare con le amiche e a riconoscersi fortunata di tutte le esperienze che aveva fatto e che costantemente facevamo insieme.

Dal parco avventura sulle Dolomiti allo snorkeling sul Mar Rosso, dall'esperienza di volo in quel simulatore che sembrava vero al safari in Africa, avrei potuto scrivere una guida per mamme single di bambini dagli zero ai diciassette anni. Mi era successo di tutto e mi ero abituata a ogni tipo di reazione delle persone, viaggiando così tanto sola con una bambina.

C'era chi ti guardava con il neonato in braccio, il trolley, lo zaino e probabilmente si chiedeva, se mai avessi voluto fare pipì, come avrei fatto, chi alzava gli occhi al cielo pensando: "Ah, l'ennesima Wonder Woman che deve fare tutto da sola", e poi c'era chi ti si avvicinava e ti chiedeva se avessi bisogno di una mano.

No, grazie, non si preoccupi.

No grazie, non si preoccupi. Più che una risposta era un insegnamento che la vita mi aveva lasciato addosso.

Era tutta una parola, "nograzienonsipreoccupi", che usciva automaticamente dalla mia bocca ogni qualvolta qualcuno volesse tendermi una mano per aiutarmi.

Non so cosa mi scattava dentro ma era talmente tanta la fatica dell'imbarazzo di accettare che, alla fine, mi dicevo che avrei potuto farcela tranquillamente da sola.

Era sempre così, con tutti.

E finivo puntualmente per restarci, sola.

Se con gli anni mi ero abituata ai comportamenti della gente, quello a cui non riuscivo ad abituarmi era la paura.

Ogni volta mi dicevo che sarebbe passata, ogni viaggio in più, ogni trasferta in macchina in più, ogni esperienza più difficile.

Ma la paura non passava mai. E ci camminavo sopra, la calpestavo, la nascondevo, la chiudevo a chiave in uno stanzino e fingevo di non sentirla.

E acquistavo voli, caricavo auto, organizzavo viaggi.

Ma Adele, andate solo voi due? E se succede qualcosa?

La verità è che io ci pensavo ogni istante, al fatto che potesse succedere qualcosa, ma non potevo permettere alla paura di fermarmi.

Perché fermarsi avrebbe voluto dire guardarsi allo specchio, riflettere, ristabilire gli equilibri, perdersi, probabilmente.

E invece io avevo trovato il mio, di equilibrio, fatto di vita veloce e pochi pensieri.

Non succederà nulla, papà.

Nonna Ada era una donna del fare. Una che non riusciva a stare con le mani in mano, sempre in piedi, sempre attiva, sempre energica, anche quando la grinta iniziava a esaurirsi.

La casa in campagna era sempre in movimento, come se ogni volta tutto danzasse attorno a lei e ai suoi ospiti.

Il custode Vassile che si occupava anche del giardino, la signora Ilde sempre pronta a stendere una sfoglia, impastare una focaccia, sistemare i cuscini sul grande divano del salotto. Era così che piacevano a lei le persone, con la voglia di fare.

Non era solo una questione di energia, quanto proprio di voglia.

Ilde era lì da sempre, aveva iniziato da ragazza aiutandola con le faccende domestiche, guardando lei e imparando ogni piccola sfaccettatura del lavoro quotidiano, e negli anni era diventata "la vera padrona di casa", come la definiva la nonna, quella a cui chiedere il posto dei servizi da tè, delle posate, della biancheria.

Era lei la memoria della casa, ora ancora di più.

Vassile ha tre figli ormai grandi in Romania, è rimasto vedovo giovane e si è sempre occupato di quella casa come fosse la sua.

Quando ero piccola pensavo che i custodi e gli inservienti organizzassero grandi feste ogni volta che la nonna non c'era, che invitassero amici, cucinassero cene incredibili e poi, appena prima del rientro della padrona di casa, sistemassero tutto perfettamente per non far scoprire nulla. Mi immaginavo nascondessero dei segreti, dentro quelle mura.

Non mi spiegavo in altro modo quell'attaccamento a qualcosa che non ti appartiene.

E invece nei mesi della gravidanza, lì, a stretto contatto con lei e con loro, avevo capito la grande dote della nonna Ada.

Lei non ordinava, coinvolgeva.

Non sentenziava, discuteva.

Dava importanza a ogni persona e al suo pensiero, senza mai imporre il proprio.

Riusciva a essere rigida e a farsi rispettare, pur facendo sentire le persone parte della famiglia. Avvicinava tutti e allo stesso tempo bastava una sua parola per mettere la giusta distanza.

Faceva così anche con noi, durante il rito dell'estratto.

Eravamo tanti, palesemente poco ordinati, eppure lei ci rendeva danzatori perfetti dei suoi canti estivi.

Dirigeva come mai nessuno ha saputo fare, poi, nella nostra famiglia.

Con amore e rigore.

Come avrebbe voluto fare mia madre, forse.

Ma erano fatte di altra pasta.

Quella cosa lì non puoi fingerla, devi averla nel sangue.

È amore della propria storia mischiata a rispetto, valori, insegnamenti di una vita.

È cultura, quella della vita.

Questa casa è immobile, ora.

Mi basta girare la chiave nella serratura per sentire un colpo forte, come se qualcuno mi avesse colpito alle spalle.

Nonna, nonna. Dove sei.

Vorremmo chiamarla. Mia correrebbe in salotto e la troverebbe lì a leggere o a scrivere con addosso la copertina di lana merinos a quadri, o a sorseggiare il suo tè bianco con i biscotti danesi che le ricordano il nonno.

Ma no. Il silenzio si mescola all'odore di vecchio.

Sembra una casa chiusa da anni e invece è passato così poco tempo.

Nessuno è entrato, però, neanche Vassile, neanche Ilde. È così che lei ha chiesto.

Che ogni erede sia responsabile della propria spettanza. A me tocca proprio lei, la villa padronale. Quella che custodiva la sua vita, ma anche la mia e quella di Mia.

Non è una casa, questa. Sono ricordi che compaiono e scompaiono, musiche leggere e urla estive, pianti di neonata e profumi di vaniglia e scorza di limone.

«Ti ricordi questo profumo, Mia? Da piccola dicevi che era torta alla crema pasticcera.»

«Ma era solo il profumatore di casa della nonna.»

«Solo? Lei lo adorava, eravamo a Firenze insieme quando lo comprammo per questa casa. Ci ricordava il dolce, sì, ma a me faceva venire in mente quella crema per il corpo "stucchevole" che usava lei e il primo talco che ho tamponato sul tuo corpo quando eri bambina, ma anche l'albero di limoni qui dietro alla villa e, non mi chiedere perché, anche quel vaso, quello che hai preso in mano mentre facevamo gli scatoloni l'altro giorno.»

«Ma quel vaso puzzava di vecchiume, come i tuoi libri.»

«Eppure il giorno che lo comprammo in quel mercatino c'era un odore simile nell'aria, ci sarà stata davvero una pasticceria vicina o sarà stata la commessa ad averlo addosso, non lo so. Però quel vaso era parte dei ricordi legati a questo odore.»

È come se questi odori mi ricordassero chi sono stata, cosa ho amato, dove ho viaggiato.

Talco che si mischiava a vaniglia e a scorza di limone.

«Per me è anche l'odore di casa nostra. Per un po' abbiamo usato lo stesso profumatore anche lì, vero?»

«Già. Il nostro nido. L'unico luogo in cui sono riuscita a proteggerti. Quando ci chiudevamo nella nostra casa, nessuno poteva farci paura.»

«Anche se in quel periodo sembrava un po' di vivere in una pasticceria. Ti ricordi quando il custode diceva: "Signora Adele, un giorno porti anche a me una sua torta alla crema", secondo me pensava che tu sfornassi torte ogni momento.»

«Secondo me lo pensavano in tanti. Ah ah, mi ci vedi pasticcera?»

«No, mamma, ma se prepari le torte alla crema come fai la tua super cheesecake tutto può essere.»

«Tutto può essere, Mia.»

«Ti voglio bene, mamma.»

«Io di più.»

«Non cominciare. Sai che poi vinco io.»

«Va bene, pari.»

Ilde, arieggiamo questa casa per favore.
Mi sembra di sentirla.
Avrebbe fatto così, ora.
Tutto questo buio, quest'odore di chiuso, bisogna cambiare aria.
Signori, cambiamo aria, su su.
E in un attimo sarebbe arrivata la luce.
«Chiamo Ilde così le faccio aprire un po' casa?»
«No, aspetta. Se la nonna ha voluto così, prendiamoci un momento per noi, qui, sole.»
«Lo senti, questo silenzio?»
«È come questo buio.»
«È perché lei non c'è più.»
«Mamma, ci siamo noi.»
«Basteremo?»
«Certo che basteremo. Non abbiamo fretta.»

Non so da dove iniziare.
C'è polvere ovunque, lei non lo avrebbe sopportato.
Eppure non ha voluto che Ilde entrasse e pulisse, voleva fossimo noi le prime ad arrivare.
È passato più di un mese.

E fa male come se fosse successo ieri.
«Attenta al tappeto, Mia. È storto, si può inciampare.»
«Apro le portefinestre in soggiorno, così diamo una sistemata?»
«Aspetta.»
Il filo di luce che entra dalle vecchie imposte illumina parte del camino antico, un angolo di soffitto a cassettoni e il divano verde.
Le poltrone sono lì che mi fissano. Immobili, come tutto il resto.
Le ho vissute tutta la vita, mi ci sono sdraiata infinite volte, ci ho letto libri, allattato Mia quando era appena nata, eppure oggi hanno tutto un altro aspetto.
Siamo entrambe lì, in quella stanza. E l'imbarazzo colma ogni vuoto.
«Sì, mamma. È qui che ci siamo conosciuti.»
«Lo so, Mia. Vi stavo immaginando, qui con lei.»
I cuscini sono un po' impolverati e sulla poltrona di sinistra c'è appoggiato il libro della nonna, quello che leggeva da anni.
Credo non le piacesse leggere, la costringeva a stare troppo ferma, o semplicemente sfogliava quelle pagine di continuo quasi fosse un'abitudine, senza leggere le parole.
È un libro che parla del nazismo, probabilmente apparteneva al nonno, e se si trova su quella poltrona non è un caso.
Con lei nulla mai era lasciato al caso.
Mia lo prende e dal centro del libro cade un foglio. Un segnalibro, forse.
Ma non lo è.
«Cos'è?»
«Una busta.»
«Aprila tu, mamma.»

È perfettamente in ordine, senza nessuna piega. Ed è recente, si capisce all'istante.

Una busta anonima, di quelle senza mittente, senza destinatario.

Poteva essere qualcosa per Ilde o per Vassile, ma si trova in quella che è diventata casa mia e su quelle poltrone che Mia ha ereditato.

Sta a noi aprirla.

Adele mia, non riempirla di domande.

Non è a lei che devi chiedere.

Avrei dovuto parlarti, lo so, ti chiedo scusa. Ma non sapevo quanto tempo ancora avrei avuto da vivere e oggi inizio a sentire il peso dei giorni. Sono stanca, sento che l'energia, che non mi ha mai abbandonato, lo sta facendo ora. Tutta insieme.

Ti ho chiamato poco fa, mi hai detto che gli architetti ti hanno fatto un'ultima offerta.

So che la accetterai, questa volta.

Come so che ora sei qui, nella tua nuova casa, piccola mia. È grande. Lo era anche per me.

Ma non mi sono mai sentita sola. L'ho riempita di vita.

Quando eri bambina, non puoi ricordartelo, mi inventavo dei pranzi domenicali solo per far stare insieme i tuoi genitori che si stavano perdendo, poco alla volta.

Tuo papà lavorava tanto e tua madre era stata catapultata in una vita che non le apparteneva e alla quale doveva ancora abituarsi. È una brava donna, sai.

Non pensare che non ti capisca, semplicemente si è adattata alla scelta che ha fatto.

Non è vero che subisce gli altri, come hai sempre pensato, lei stessa ha potuto decidere e quello che ha deciso lo ha portato avanti con fermezza e con rigore.

È la sua storia, Adele. Non la tua.

I genitori sbagliano, ma chi non lo fa.

Tutti sbagliamo continuamente e tutti andiamo avanti a tentativi per poi accorgerci che ognuno di noi ha una storia e bisogna solo guardarla dal giusto punto di vista.

L'estratto, lo sai bene, è stato il collante estivo della nostra famiglia. Dove saremmo ora senza?

I miei figli indifferenti l'uno all'altro, e sconosciuti l'uno all'altro i miei nipoti.

E non mi sono mai chiesta se avessi fatto un buon lavoro.

Ho fatto del mio meglio, il più delle volte da sola.

Avrebbe avuto senso lamentarmi? Guardarmi dall'esterno come una cattiva madre? No.

Era la mia storia e io l'ho accettata facendo il massimo per renderla migliore.

Ho vissuto finora novantun anni, Adele. E metà di questo quasi secolo, l'ho passato qui.

A riempire di ricordi queste mura, a cercare di guardare la mia storia dalla giusta prospettiva.

Mia non è la tua storia, Adele.

Mia è la sua storia.

Non riempirla di domande, non è a lei che devi chiedere.

Permettile di vivere la sua vita, senza di te.

Permettile di frequentare il padre, non toglierà niente a te.

Tu sei e sarai sempre la sua mamma, anche quando lei preferirà le sue amiche a te, anche quando ti dirà che la campagna non fa per lei, anche quando ti lascerà sola il giorno di Natale perché vorrà andare con il fidanzato dall'altra parte del mondo e tu penserai che non te lo meriti.

Che tu sola non l'hai mai lasciata.

Sei e sarai sempre sua madre, anche quando non sarai più il suo mondo.

E, a quel punto, non sederti su queste poltrone a ricordare quando non riusciva a vivere senza un tuo abbraccio, non pensare a quando la andavi a prendere a scuola e ti correva al collo come se attorno a lei non esistesse altro che te. Perché era così davvero.

Esistevi solo tu, ma è una fortuna che poco alla volta abbia saputo fare a meno di te.

Piangi, Adele.

Piangi, ora, con lei di fronte che non capirà e piangi quando ne sentirai il bisogno.

Le lacrime a un certo punto finiranno, te lo prometto.

Ogni vita nasconde una storia ed è così immenso riconoscere la propria.

Io sono stata una donna fortunata, ma non perché a novantun anni sono ancora qui che con la testa lucida scrivo questa lettera, ma perché sono riuscita a riempire questa casa, che sembrava troppo grande, di storie, occhi, persone, pranzi, risate, urla, abbracci.

Queste poltrone hanno visto una bimba crescere e diventare donna e poi allattare una nuova vita.

Su queste poltrone un padre e una figlia si sono conosciuti per la prima volta ed è così che doveva andare.

Maurizio che era arrivato nel primo pomeriggio perché aveva un'udienza a Milano la mattina, Ilde che aveva preparato il caffè, Mia che camminava agitata per il salotto. Io c'ero quando si sono visti e il mio cuore batteva fuori tempo. Io ero lì, Adele, e non li ho mai lasciati soli.

Si sono guardati, si sono stretti la mano come due sconosciuti che usano la formalità per rompere il ghiaccio. Hanno parlato della Svizzera, poi della scuola, poi del loro piatto preferito.

Se tu ci fossi stata avresti detto che un padre dovrebbe sapere qual è il piatto preferito della figlia. Non lo chiede a diciassette anni.

Avresti chiesto dove fosse lui quando Mia diceva la sua prima parola, assaggiava il suo primo biscotto, perdeva i suoi primi dentini.

Adele, dov'era lui quel pomeriggio in spiaggia quando l'hai persa per qualche minuto e hai pensato che il tempo si fosse fermato per sempre? Dov'era quando ti chiese la prima volta perché lei non aveva un papà, come le sue compagne? Dov'era quel giorno che l'ambulanza aveva fatto ritardo e tu la stringevi a te come fosse l'unica cosa che il mondo ti aveva donato?

Non c'era, Adele, non c'era. Ma pensa che fortuna che hai avuto tu a esserci.

Tu c'eri. E non è concentrandoti ancora una volta sul tuo dolore che salvi lei.

Tu non eri qui in quel momento, Adele mia, e non perché io abbia voluto nasconderti qualcosa di così importante. Ma perché questa non è la tua storia. È la storia di Mia.

E devi permetterle di scegliere, come i tuoi genitori non hanno fatto con te.

Perché so che tu puoi farlo.

Salvala, come avresti voluto fare con la te di vent'anni fa.

Proteggila, come avresti voluto avessero fatto con te.

Riparala dalle menzogne e dalla gente come non hanno mai fatto con te.

Ora chiudi questa lettera, buttala in un posto dove non la cercherai mai più, asciugati le lacrime e di' a Mia di correre in cucina perché Ilde le ha preparato un libretto con tutte le ricette dei suoi piatti preferiti.

Per quando vivrà da sola, le sarà utile.

Quanto a te, Adele, guardati attorno e prenditi tutto il tempo che ti serve.

Ci vuole tempo per imparare ad abbracciarsi, non avere fretta.

E mentre inizi a riconoscere la tua storia, fammi un piacere.
Dipingi queste pareti di colore, lilla, verde, rosso.
Scegli tu, ma fai quello che io non ho avuto il coraggio di fare.
Colora, piccola mia. Riempi di colore la tua vita.

E ora, apri le finestre.
E fai entrare la tua nuova vita, dentro.
Senza chiedere permesso.
È così che fai ora.

E grazie, Adele.
Grazie per avermi permesso di far parte della tua storia.

«Mamma.»

«Sì, Mia.»

«Tutto ok?»

«Sì, amore. Apriamo le finestre.»

Postilla e ringraziamenti

Il giorno in cui ho pensato di scrivere questo libro, non era quello giusto.

Serviva un percorso interno che mi portasse a riconoscere, elaborare, accettare.

Ci vuole tempo.

Quella di Adele non è la mia storia.

Con lei condivido gli occhi verdi e la scelta coraggiosa di aver portato avanti una gravidanza da sola. Ma di lei conosco ogni angolo della sua vita, ogni dettaglio della sua casa in campagna, della sua storia conosco e riconosco la fatica, la solitudine, il coraggio.

Adele è un personaggio che ho inventato in un giorno di primavera e che mai avrei pensato potesse diventare sorella, amica, a volte una vicina talmente ingombrante da dovermene separare necessariamente.

Questo libro non nasce con la voglia di raccontare la mia, di vita, ma con la voglia di celebrare le scelte che ogni giorno facciamo, rendendo il nostro percorso la nostra personale storia.

Nostra e di nessun altro.

Con tutte le differenze che la rendono unica, con le fatiche e le gioie che la rendono diversa.

Il giorno in cui ho pensato di scrivere questo libro non era quello giusto ma se l'ho fatto, ora, è solo perché Serena non ha mai mollato. "Tu sai cosa vuol dire, raccontalo in un libro."

Me lo ha chiesto lei, che mi conosce, segue e supporta da sempre, e me lo ha chiesto Mondadori che ringrazio per la stima, insieme ai miei editor Paola e Paolo, il cui supporto è stato fondamentale.

Quelle due è il mio primo romanzo e un pezzo di cuore che dedico a tutte le donne che, in quella stanza chiusa e buia, hanno aperto le finestre e hanno fatto entrare la luce.

PEFC
PEFC/18-31-446
www.pefc.it

Mondadori usa carta certificata PEFC
che garantisce la gestione sostenibile delle risorse forestali

Mondadori Libri S.p.A.

Questo volume è stato stampato
su carta HOLMEN
con fibra vergine proveniente da foreste sostenibili holmen.com/paper
presso PUNTOWEB S.r.l.
Via Variante di Cancelliera - Ariccia (RM)

Stampato in Italia - Printed in Italy